S.F.

V.

Die SAMMLUNG FISCHER ist kein starrer Kanon verstaubter Klassiker. Sie entfaltet eine ganze Epoche literarischer Formen und Möglichkeiten. Band für Band öffnet sich ein Echoraum, dessen Polyphonie, Dissonanzen und Sprünge sich in der Lektüre erschließen – Klassiker sind Bücher, die durch Lesen wachsen und stets neu gelesen werden wollen. Die Lebensläufe der Schriftsteller bilden ein Diagramm der verschlungenen Pfade der Moderne, aber wie Bücher geben Biographien ihr Geheimnis nur durch Lektüre preis ... Schlagen Sie sie auf!

SAMMLUNG FISCHER

DIE BIBLIOTHEK
DER KLASSISCHEN MODERNE

S.FISCHER

Reader zur SAMMLUNG FISCHER
Einmalige Ausgabe zur Eröffnungsedition

Konzept des Readers: Hans Jürgen Balmes und Jörg Bong
Druck und Bindung: Clausen & Bosse, Leck
Printed in Germany 1999
ISBN 3-10-000061-7

»Unter den Arkaden des Odéons waren Reihen von gebundenen, mit Goldschnitt versehenen Büchern ausgelegt, die bereits aufgeschnitten waren; ich las im Stehen ein oder zwei Stunden lang, ohne daß je ein Verkäufer mich störte … Ich sagte mir, daß, so lange es Bücher gebe, das Glück mir sicher sei.«

Simone de Beauvoir

SAMMLUNG FISCHER

CHRONOLOGIE

1857 Gustave Flaubert *Madame Bovary*

1869 Fjodor M. Dostojewskij *Der Idiot*

1897 Joseph Conrad *Der Nigger von der ›Narzissus‹. Eine Seemannsgeschichte*

1899 Theodor Fontane *Der Stechlin*

1901 Thomas Mann *Buddenbrooks. Verfall einer Familie*

1902 Hugo von Hofmannsthal *Der Brief an Lord Chandos*

1910 Rainer Maria Rilke *Die Aufzeichnungen des Malte Laurids Brigge*

1912 Thomas Mann *Der Tod in Venedig. Novelle*

1914 James Joyce *Dubliner*

1915 Herman Bang *Sommerfreuden*

1917 Franz Kafka *Der Proceß*

1918 Heinrich Mann *Der Untertan*

1919 Franz Kafka *In der Strafkolonie. Erzählung*

1925 Virginia Woolf *Mrs Dalloway*

1926 Virginia Woolf *Orlando*

1926 Arthur Schnitzler *Traumnovelle*

1927 Thornton Wilder *Die Brücke von San Luis Rey*

1929 Alfred Döblin *Berlin Alexanderplatz. Die Geschichte vom Franz Biberkopf*

1931 Antoine de Saint-Exupéry *Nachtflug*

1932 Stefan Zweig *Marie Antoinette. Bildnis eines mittleren Charakters*

1932 Hugo von Hofmannsthal *Andreas oder die Vereinigten*

1935 Fernando Pessoa *Das Buch der Unruhe*

1936 Klaus Mann *Mephisto. Roman einer Karriere*

1940 Ernest Hemingway *Wem die Stunde schlägt*

1941 Franz Werfel *Das Lied von Bernadette*

1943 Hermann Hesse *Das Glasperlenspiel*

1947 Albert Camus *Die Pest*

1948 Ilse Aichinger *Die größere Hoffnung*

1951 Samuel Beckett *Molloy*

1954 Thomas Mann *Bekenntnisse des Hochstaplers Felix Krull. Der Memoiren erster Teil*

1958 Boris Pasternak *Doktor Shiwago*

1958 Simone de Beauvoir *Memoiren einer Tochter aus gutem Hause*

1971 *Wallenstein. Sein Leben* erzählt von Golo Mann

1984 Christoph Ransmayr *Die Schrecken des Eises und der Finsternis*

GUSTAVE FLAUBERT

*»Von den drei vordersten Namen
des Romans aus den Bürgerzeiten
ist Balzac die Heldengestalt,
Stendhal der immer Zeitgemäße.
Aber der Heilige des Romans
ist Flaubert.«*

Heinrich Mann

Gustave Flaubert wurde am 12. Dezember 1821 in Rouen als Sohn eines Chirurgen geboren. Nach einem Jurastudium durch Krankheit am praktischen Beruf gehindert, lebte er, abgesehen von Reisen nach Italien, Griechenland, Nordafrika und in den Orient, zurückgezogen in Croisset bei Rouen. Flauberts erste literarische Versuche, ›Erinnerungen eines Narren‹ (entstanden 1838) und ›November‹ (1840–42), wurden erst nach seinem Tod veröffentlicht.

Auf Anhieb berühmt wurde Flaubert durch sein Hauptwerk ›Madame Bovary‹, das 1857 erschien; der Roman ›Salammbô‹ folgte 1862. 1869 veröffentlichte Flaubert seinen Roman ›Die Schule der Empfindsamkeit‹, dessen 1845 entstandene erste romantisch-autobiographische Fassung er verworfen hatte. 1877 legte er den Band ›Drei Erzählungen‹ vor. Einblick in seine Kunstauffassung und seine minutiös jedes Wort abwägende Arbeitsweise bieten seine Tagebücher und Briefe, vor allem seine Korrespondenz mit George Sand. Seinen letzten Roman ›Bouvard und Pécuchet‹ konnte er nicht mehr abschließen. Gustave Flaubert starb am 8. Mai 1880 in Croisset.

Jean-Paul Sartres mehrbändige Untersuchung von Flauberts Leben und Werk, ›Der Idiot der Familie‹, ist das zentrale Spätwerk des Philosophen.

»Ein Romancier hat nach meiner Auffassung
nicht das Recht, seine Meinung über die Dinge
dieser Welt zu sagen. Er muß bei seiner Schöpfung Gott
nachahmen, das heißt, schaffen und schweigen.«
Gustave Flaubert

Madame Bovary

Dreiundfünfzig Monate lang widmete sich Gustave Flaubert mit unendlicher Sorgfalt der literarischen Form seines Romans, der psychologischen Nuancierung seiner Gestalten und der Suche nach den berühmten »mots justes«, dem einzig richtigen Ausdruck für seine ›Madame Bovary‹: Eine Frau, die aus der provinziellen Enge und Langeweile ihrer Ehe ausbricht und sich heillos verschuldet. Ohne die Erfüllung durch die ersehnte romantische Liebe zu finden, tötet sie sich verzweifelt selbst. Eine genauere und pessimistischere Kritik mußten sich die »falsche Poesie und die falschen Gefühle« der Romantik nie gefallen lassen.

Der Vorabdruck des Romans in der *Revue de Paris* (1845) war ein Skandal. Die staatliche Zensurbehörde strengte einen Prozeß an, in dem die Anklage auf »Verstoß gegen die öffentliche Moral, die guten Sitten und die Religion« lautete. Flaubert und der mitangeklagte Herausgeber wurden freigesprochen, die Buchausgabe wurde ein Triumph.

Das Erscheinen von ›Madame Bovary‹ bewirkte, so Guy de Maupassant, »eine Revolution in der Literatur. Das Leben selbst erschien. Man konnte glauben, daß sich die Gestalten beim Umschlagen der Seiten vor den Blicken des Lesers aufrichteten.« – »Die neue Kunst hatte ihre Grammatik gefunden.« (Émile Zola)

FJODOR DOSTOJEWSKIJ

»Dostojewskij, der einzige Psychologe, anbei gesagt, von dem ich etwas zu lernen hatte: er gehört zu den schönsten Glücksfällen meines Lebens.«

Friedrich Nietzsche

Fjodor Dostojewskij wurde am 11. November 1821 in Moskau geboren, wo er als Sohn eines Arztes aus verarmter Adelsfamilie aufwuchs. Mit seinem Romandebüt ›Arme Leute‹ hatte Dostojewskij 1846 auf Anhieb Erfolg. Aufgrund seiner Teilnahme an den Treffen des Petraschewskij-Kreises, der für einen utopischen Sozialismus eintrat, wurde er zum Tode verurteilt, 1849 jedoch, kurz vor seiner Hinrichtung, zu vierjähriger Verbannung nach Sibirien begnadigt. 1859 kehrte er nach St. Petersburg zurück, 1866 erschien der erste seiner großen Romane, ›Verbrechen und Strafe‹, der zum Inbegriff des psychologischen Erzählens wurde. In den folgenden Jahren hielt er sich häufig im Ausland auf, in England, der Schweiz, in Florenz und Dresden. 1868 folgte ›Der Idiot‹, 1871 ›Böse Geister‹ und 1880 das abschließende Meisterwerk ›Die Brüder Karamasow‹. Am 9. Februar 1881 starb Dostojewskij in St. Petersburg.

Mit der frühen Veröffentlichung seiner Romane ›Der Spieler‹ (1888), ›Der Gatte‹ (1889) und ›Der Idiot‹ (1889) hatte der S. Fischer Verlag im deutschsprachigen Raum entscheidenden Anteil an der Durchsetzung Dostojewskijs wie der russischen Literatur insgesamt. In der SAMMLUNG FISCHER erscheint ›Der Idiot‹ in der hochgelobten Neuübersetzung von Swetlana Geier, der es als erste gelang, den Stimmenchor des großen psychologischen Romans auf deutsch vernehmbar zu machen. »Es gilt Dostojewskij nicht als Philosoph, nicht als Moralisten, sondern als Literaten neu zu entdecken.« (*Neue Zürcher Zeitung*)

»Wir müssen Dostojewskij lesen, wenn wir das ganze Leben als eine einzige brennende, glühende Wunde empfinden.«
Hermann Hesse

Der Idiot

Sankt Petersburg 1866, Fürst Myschkin kehrt von einem langen Sanatoriumsaufenthalt aus der Schweiz in die russische Hauptstadt zurück. Schon im Zug lernt er Rogoschin kennen, der von seiner Leidenschaft zu Nastassja Filippowna erzählt, einer »gefallenen Frau«. Rogoschin zieht ihn in ein Geflecht auf ihn einstürzender Figuren. Fürst Myschkin gelingt es weder, sich von ihnen zu befreien, noch vermag er Rogoschin von einem Mord zurückzuhalten. Am Ende ist Myschkin zerrütteter als zuvor, ein »Idiot« und heiliger Narr, der dem 19. Jahrhundert und uns, seinen Erben, einen schwarzen Spiegel vorhält.

»Die gesamte Bewegung des Buches gleicht einem ungeheuren Kratereinsturz«, schrieb Walter Benjamin über diese zweite der großen Romantragödien Dostojewskijs. Ihr Held Fürst Myschkin wandelt als »wahrhaft guter Mensch« über eine dünne Kruste, unter der die Themen der Zeit vibrieren: Soll sich Rußland auf sich selbst besinnen oder nach Europa orientieren? Gegen die westliche Industrialisierung, die Eisenbahnen und den sogenannten Nihilismus werden östliche Mystik und Religiosität aufgeboten. Als tragischer Don Quijote ist Myschkin eine der modernsten und einflußreichsten Gestalten Dostojewskijs, der unerbittlich Gerichtstag hält.

JOSEPH CONRAD

*»Nichts, was ich je gelesen habe,
hat mir so viel gegeben
wie Joseph Conrad.«*

Ernest Hemingway

Joseph Conrad wurde als Józef Teodor Konrad Nalecz Korzeniowski am 3. Dezember 1857 in der Ukraine geboren. Früh verwaist, ging er mit sechzehn nach Marseille und heuerte als Matrose auf einem französischen Segelschiff an. 1886 erhielt er das britische Kapitänspatent und befuhr alle Weltmeere, bereiste den Kongo und die Malaiischen Inseln – die Schauplätze seiner großen Romane.

Noch auf See beginnt er zu schreiben und debütiert 1895 mit ›Almayer's Wahn‹. Aus dem Kapitän wurde ein englischer Schriftsteller, der dreißig Jahre lang, von Schulden und Depressionen geplagt, Geschichten und Romane schrieb. Seine in ›Herz der Finsternis‹ vorgetragene Zivilisationskritik wurde sprichwörtlich: Die Ruhe vor dem Sturm, die Explosion, mit der die Finsternis in den vermeintlich hellen Glanz des Fortschritts einbricht und alles hinwegfegt, sind seine Sujets, die er mit psychologischem Gespür für die Charaktere seiner Gestalten zu Sinnbildern unserer Zeit werden ließ.

Berühmt und geehrt starb er 1924 in seinem Landhaus bei Canterbury.

Virginia Woolf pries die »schwermütige Musik« und die »drastische Kraft« der Prosa Joseph Conrads, der, als Pole geboren, unser Bild der angelsächsischen Weltliteratur veränderte.

Eine deutsche Gesamtausgabe der Romane und Erzählungen Joseph Conrads erschien 1926–1939 im S. Fischer Verlag, die ersten Bände wurden von Thomas Mann und Jakob Wassermann eingeleitet. 1962 unternahm der Verlag eine Edition des Werkes in Neuübersetzungen, die in 19 Bänden geschlossen vorliegt.

»Wer mich gelesen hat, kennt meine Überzeugung, daß die Welt, die vergängliche Welt, auf einigen wenigen, sehr einfachen Gedanken ruht, Gedanken von einer solchen Einfachheit, daß sie so alt sein müssen wie die Berge.«

Joseph Conrad

Der Nigger von der ›Narzissus‹. Eine Seemannsgeschichte

James Wart, genannt Jimmy, ist der letzte, der in Bombay an Bord der Narzissus geht, ein Segelschiff, das um das Kap der Guten Hoffnung Kurs auf England setzt. Er ist der einzige Schwarze an Bord, der Nigger, und einer jener Außenseiter, durch deren Augen Conrad die Welt mit scharfen Blicken abtastet. Der »Nigger« ist ein unergründlich melancholischer Charakter, der nachgiebig alles verzeiht, was man ihm antut. Seinen Hustenanfällen schenkt man zunächst wenig Beachtung, doch auf der monatelangen Überfahrt nach England wird den anderen allmählich klar: Jimmy Wart ist ein sterbender Mann.

Langsam wird der Todgeweihte zum Mittelpunkt aller Gedanken und Gespräche an Bord. Die Mannschaft gerät in seinen Bann, und er rückt in das Zentrum der Konflikte auf dem engen Schiff, das monatelang von der Welt isoliert auf die Sturmsee vor Afrika zutreibt. Am Kap der Guten Hoffnung gerät das Schiff in ein Unwetter, das jeden auf die Probe stellt. In dieser Welt zwischen Leben und Tod zeigt jeder seinen wahren Charakter.

»Der Nigger von der ›Narzissus‹« ist Joseph Conrads drittes Buch, eine Studie aus der Zeit seiner Seefahrt, wie ihm dichter keine gelang.

»Ein Stiller in einer lauten Welt.«

Peter Bichsel

THEODOR FONTANE

*»Der moderne Roman
wurde für Deutschland erfunden,
verwirklicht, auch gleich vollendet
von ... Theodor Fontane.
Als erster hier hat er wahrgemacht,
daß ein Roman das gültige, bleibende
Dokument einer Gesellschaft,
eines Zeitalters sein kann.«*

Heinrich Mann

Theodor Fontane wurde am 30. Dezember 1819 im märkischen Neuruppin geboren. Wie bereits sein Vater approbierte er als »Apotheker erster Klasse«, gab den Beruf aber 1849 auf und lebte fortan als Journalist und Schriftsteller. 1850 trat er dem literarischen Verein *Tunnel über der Spree* bei. Von 1855–1858 arbeitete Fontane als »Presseagent« des preußischen Gesandten und als Auslandskorrespondent in London, später wirkte er als Theaterkritiker der *Vossischen Zeitung*, schrieb Gedichte und Balladen und arbeitete von 1862–1882 an den ›Wanderungen durch die Mark Brandenburg‹. Die preußischen Feldzüge 1864, 1866 und 1870/1871 begleitete er als Kriegsberichterstatter, 1870 wurde er von Freischärlern beim Besuch einer Jeanne-d'Arc-Gedächtnisstätte als mutmaßlicher Spion festgenommen und erst auf Betreiben Bismarcks auf freien Fuß gesetzt.

Erst mit fast sechzig Jahren gab er mit ›Vor dem Sturm‹ (1878) sein Debüt als Romancier. Rasch folgten nun seine berühmten Romane und Erzählungen: ›Irrungen, Wirrungen‹ (1888), ›Frau Jenny Treibel‹ (1892), ›Effi Briest‹ (1895).

Fontane starb am 20. September 1898 in Berlin, die Buchausgabe des ›Stechlin‹ wurde erst postum publiziert.

Nach Fontanes Tod erschienen seine Bücher erst bei seinem Sohn Friedrich, der in Berlin einen Verlag betrieb. Das große erzählerische Werk wurde so nur einem kleinen Kreis bekannt. Dies änderte sich erst, als Samuel Fischer 1908 seine preiswerte *Bibliothek zeitgenössischer Romane* mit Fontanes ›L'Adultera‹ eröffnete und wie mit den folgenden Titeln Fontanes hohe Auflagen erzielte. 1914 übernahm S. Fischer das Gesamtwerk und publizierte 1915 eine erste Auswahlausgabe der Romane und Erzählungen in fünf Bänden. Im Herbst 1925 schließlich legte der Verlag die erste Gesamtausgabe des erzählerischen Werkes vor, ergänzt durch sämtliche Gedichte sowie die ›Briefe an seine Freunde‹.

»Aber die Geschichte will ich Ihnen
doch als Andenken mitgeben.
Andre schenken sich Photographien.«
Theodor Fontane

Der Stechlin

Nach Thomas Mann ist ›Der Stechlin‹ der »in artistischer Beziehung am weitesten über seine Epoche« herausragende Roman Fontanes. Mit ihm legte Fontane als Schlußstein seines Werkes einen Zeitroman vor, der die Gattung neu definierte.

Nach einer wundervollen Evokation der märkischen Landschaft durch den Erzähler entfalten der alte Junker Stechlin, sein junger Sohn Woldemar, der seine Heirat in Berlin plant, und die kluge wie schöne Melusine in einem stillen Herrenhaus ein skeptisches Panorama ihres Jahrhunderts. »Und vor allem sollen wir, wie der Stechlin uns lehrt, den großen Zusammenhang der Dinge nicht vergessen. Sich abschließen, heißt sich einmauern, und sich einmauern ist der Tod.« Gegen diese Gefahr der Erstarrung setzen sie das Gespräch und den Humor, sie balancieren in ihrer Konversation das Schwere gegen das Leichte und schaffen so ein ironisches Äquivalent zu dem See Stechlin, der, wie man sagt, unterirdisch mit den großen Geschehnissen der Welt in Verbindung steht – bedeutende Vorkommnisse soll gar ein aus dem Wasser steigender Hahn verkünden. Dieses sagenhafte Tier bleibt unsichtbar, es ist die Sprache, die den Zusammenhang stiftet – ihre »Lebensmusik, hohe, heitere und wehe, das Menschliche auf nie vernommene Art umspielende Lebensmusik« (Thomas Mann).

THOMAS MANN

»Thomas Mann ist einer der Seltenen, die wir wirklich vorbehaltlos bewundern können. In seinem Werk gibt es kein Versagen ... er ist Humanist im vollsten Sinne des Wortes.«

André Gide

Thomas Mann wurde am 6. Juni 1875 in Lübeck geboren. Er übersiedelte 1894 nach München und studierte an der Technischen Hochschule. Von 1896 bis 1898 hielt er sich mit seinem Bruder Heinrich in Rom auf. 1898 wurde er Redakteur des *Simplizissimus*, im selben Jahr erschien ›Der kleine Herr Friedemann‹ im S. Fischer Verlag. Hiermit begann eine außergewöhnliche Zusammenarbeit mit dem Verlag, der das gesamte Leben und Werk Thomas Manns begleiten sollte. 1901 folgten die ›Buddenbrooks‹, die ihn berühmt machten. 1905 heiratete er Katharina Pringsheim. Ihre Kinder Erika, Klaus und Golo sollten sich später ebenfalls schriftstellerisch betätigen. In den folgenden Jahren arbeitete Thomas Mann an dem Roman ›Königliche Hoheit‹ und ersten Entwürfen zum ›Felix Krull‹. Während des Ersten Weltkrieges unterbrach Thomas Mann die Arbeit an seinem großen Roman ›Der Zauberberg‹ und verfaßte die ›Betrachtungen eines Unpolitischen‹. 1929 erhielt er den Nobelpreis für Literatur.

1933 emigrierte Thomas Mann zunächst nach Sanary-sur-Mer, dann nach Küsnacht bei Zürich. 1936 erschien der dritte Band der ›Joseph‹-Tetralogie; die deutsche Staatsbürgerschaft wurde Thomas Mann aberkannt. Er übersiedelte zwei Jahre später in die Vereinigten Staaten, nahm eine Gastprofessur in Princeton an und ließ sich 1940 in Kalifornien nieder. Während des Zweiten Weltkriegs hielt er zahlreiche kulturelle und politische Vorträge, u.a. Radiosendungen für deutsche Hörer. 1947 erschien der Roman ›Doktor Faustus‹, 1952 kehrte Thomas Mann nach Europa zurück. Bis zu seinem Tode am 12. August 1955 lebte er in Kirchberg bei Zürich.

»Er ist ein Zeuge außerhalb der Reihe.
Und er ist nicht lau.«
Heinrich Mann

»Ich war ein elfjähriges Kind«, schrieb Thomas Mann 1934 in seinem Nachruf auf Samuel Fischer, »als er in Berlin seinen Verlag gründete. Zehn Jahre später war es der Traum jedes jungen Literaten, ein Buch bei S. Fischer zu haben, und meiner auch. Als mir dann, durch Otto Bie's Vermittlung, dieser Vorzug zuteil wurde, meine ersten Novellen und die ›Buddenbrooks‹ bei Fischer erschienen und ich in persönliche Beziehungen zu ihm trat, bewohnte er schon eine elegante Etage in der Fasanenstraße, wo ich auf Abendgesellschaften Hauptmann, Rittner, die Lehmann, seinen klugen Lektor Moritz Heimann, das theatralische und literarische Berlin traf, hatte die musikalische Hedwig Landshoff zur Frau, war Vater, war aus seinen bohemehaften Anfängen längst heraus. Nicht lange mehr, und es kam die Grunewaldvilla, mit Liebermanns und französischen Impressionisten an den Wänden, das eigene Auto, das den kleinen Einwanderer von einst alltäglich in sein weitläufiges Geschäftshaus in der Bülowstraße trug, es kam die Klassizität, es kam die Zeit der Gesamtausgaben.«

Bei keinem anderen Autor des Hauses ist die Biographie des Werkes und der Person so eng mit dem Werdegang des 1886 gegründeten Verlages verknüpft wie bei Thomas Mann: Seit der Publikation der Novellensammlung ›Der kleine Herr Friedemann‹ und des Romans ›Buddenbrooks‹ begleitete der Verleger eng und genau die Karriere des Schriftstellers, dessen Bücher er bereits 1922 in ›Gesammelten Werken‹ vorlegte. Diese Verlagspolitik, das Werk eines Autors als ganzes zu repräsentieren und gleichzeitig dessen Entwicklung darzustellen, komplettierte S. Fischer mit Sonderausgaben. Die ›Buddenbrooks‹ zum Beispiel erschienen 1929 in Leinen gebunden für 2.85 Reichsmark und wurden allein in den Monaten November und Dezember 1929 700.000mal verkauft, bis 1932 kletterte die Auflage auf 1.165.000 Exemplare.

1936 begann Gottfried Bermann Fischer – Schwiegersohn und Nachfolger Samuel Fischers – in seinem Stockholmer Exilverlag sogleich mit einer neuen Thomas-Mann-Gesamtausgabe. In den folgenden Jahren dienten beide einander unter wirtschaftlich schwierigsten Verhältnissen als Anker: »Wenn Sie bedenken, was jetzt alles an Vernichtetem und Verlorenem des Nachdrucks harrt, – Schnitzler, Werfel, Hofmannsthal und was daneben noch an gewissen belletristischen Werken aus geschäftlichen Gründen nicht ausgelassen werden darf, so werden Sie verstehen, wie schwer wir es gerade jetzt haben«, schrieb Gottfried Bermann Fischer 1946 noch aus New York an Thomas Mann.

Auf der Linie des »Gesamtausgaben«-Programms Samuel Fischers wird im Jahr 2000 eine neue Edition in Angriff genommen: die ›Große kommentierte Frankfurter Ausgabe der Werke, Briefe und Tagebücher Thomas Manns‹ in 58 Bänden.

»Wenn sich je eine Zeit die Erhellung und Befreiung der Köpfe und Herzen durch Lektüre, durch das still und individuell wirkende Geisteswort nicht entbehren konnte, so ist es diese. Ein Glück, daß sie offenbar nicht so hirnverbrannt ist, sich das Gegenteil einzubilden.«

Thomas Mann zum Tag des Buches

Bekenntnisse des Hochstaplers Felix Krull

Die Figur des »Diebes und Schwindlers« Felix Krull, in der Thomas Mann seine Lebensthematik – die Spannung zwischen Künstler und Bürger – parodistisch spiegelte, beschäftigte ihn seit 1910. Bereits damals entwarf er die Handlung um den Sohn eines bankrotten Sektfabrikanten, der erkennt, daß die Welt betrogen werden will. 1911 plante Thomas Mann die ersten Kapitel, an denen er bis 1913 arbeitete, aber erst 1922 veröffentlichte er das »Erste Buch«. 1937 gab er eine um »ein zweites Buch (fragmentarisch) erweiterte« Ausgabe frei und schloß schließlich vom Januar 1951 bis zum April 1954 den ersten Teil der Memoiren ab; einen zweiten Teil hat er nicht skizziert.

Die Eleganz der Sprache dieser fiktiven Autobiographie, ihre ironische Doppelbödigkeit erweisen ebenso wie Felix Krulls Handeln, daß er »der geschmeidige Gott der Diebe« ist. Ein Tausendsassa, der jeder neuen Situation, in die er gerät, in einem Maße gewachsen ist, als sei sie ihm durchaus nicht fremd: Er fälscht die Unterschrift seines Vaters, um der Entschuldigung unbegründeten Fernbleibens von der Schule willen – er simuliert den soldatisch begeisterten Epileptiker, um desto sicherer vom Dienst befreit zu werden – er nutzt alle Wege, um seiner »Begabung zur Liebeslust« zu entsprechen (und dabei versteht er sich auf jegliches Alter und alle Gesellschaftsschichten) – er läßt sich von dem von der Enterbung bedrohten Marquis Louis de Venosta einen Identitätstausch vorschlagen, der es ihm ermöglicht, auf eine Weltreise zu gehen. Bis Lissabon kommt er, wo ihn der König empfängt, aber eben nicht nur dieser ...

S. FISCHER VERLAG / BERLIN

HUGO VON HOFMANNSTHAL

»Man liest nur Gedanken
und sieht doch eine Seele
sich bewegen.«

Hugo von Hofmannsthal wurde am 1. Februar 1874 in Wien geboren. Schon in früher Jugend schrieb er Gedichte und Versdramen, die Stefan George in die *Blätter für die Kunst* aufnahm und die seinen Ruhm begründeten. Hofmannsthal studierte zunächst Jura, dann Romanistik und promovierte 1898. 1902 entstand der an Lord Chandos gerichtete fiktive ›Brief‹, der Fragment gebliebene Roman ›Andreas oder die Vereinigten‹ 1907–1913. Hofmannsthal schuf ein umfangreiches dramatisches Werk, darunter das griechische Drama ›Elektra‹ (1904), die Tragödie ›Ödipus und die Sphinx‹ (1906) sowie das religiöse Mysterienspiel ›Jedermann‹ (1911). In Zusammenarbeit mit Richard Strauss entstanden zahlreiche Operndichtungen, u.a. ›Der Rosenkavalier‹ (1910). Gemeinsam mit R. Strauss und Max Reinhardt begründete er die Salzburger Festspiele. Sein Lustspiel ›Der Schwierige‹ wurde 1921 uraufgeführt, 1928 sein Trauerspiel ›Der Turm‹. Er starb am 15. Juli 1929 in Rodaun bei Wien – am Tage der Beerdigung seines Sohnes Franz, der sich das Leben genommen hatte.

Die Bücher von Hugo von Hofmannsthal werden seit 1899 mehrheitlich im S. Fischer Verlag betreut. Seit 1975 erscheint – veranstaltet vom Freien Deutschen Hochstift – eine Kritische Ausgabe der ›Sämtlichen Werke‹, die 38 Bände umfassen wird und die veröffentlichten wie auch die im Nachlaß überlieferten Werke umfaßt. Der Band in der SAMMLUNG FISCHER greift dieser Ausgabe zum Teil voraus: Zum ersten Mal liegt das gesamte erzählerische Werk in der Textfassung der Kritischen Ausgabe vor.

»Die Literaturgeschichte sollte ein Arsenal voll Himmelsleitern sein, voll Steinen, die von wundervollen Brunnen gewälzt wurden.«
Hugo von Hofmannsthal

Das erzählerische Werk

Hugo von Hofmannsthal war ein gefeierter Lyriker und Dramatiker, seine Libretti für Richard Strauss wurden berühmt, und sein Chandos-Brief ist aus einem Gespräch über deutsche Gedichte nicht mehr fortzudenken.

›Die Wege und die Begegnungen‹ – der Titel einer der Geschichten – weist auf den Kern seines Erzählens hin: In immer neuen Anläufen verwebt Hofmannsthal Traumsequenzen, Anekdoten und Bilder zu wundervollen Ornamenten. In ihrem verschlungenen Muster will er eine Arabeske entdecken, aus der ihm das Selbst entgegenblickt. Auf dieser Suche bietet ihm die orientalische Welt der Märchen aus 1001 Nacht farbige Kulissen, zwischen denen er das Spiel der Selbsterkenntnis immer neu inszeniert. Auf der Spur dieses Ornaments versucht er in seinen Erzählungen wie in dem Romanentwurf ›Andreas oder die Vereinigten‹ die schuldhafte Distanz, die viele seiner Gestalten vom Leben trennt, zu durchstoßen.

Der Reigen der Bilder spiegelt sich oft ins Unendliche fort, und manch eine seiner Erzählungen blieb unvollendet. Doch den Entwürfen wie den abgeschlossenen Texten eignet der gleiche Zauber der imaginierten Atmosphären, der orientalischen Düfte und romantischen Tableaus.

RAINER MARIA RILKE

»Ich sah in ihm, ich liebte in ihm
den zartesten und geisterfülltesten
Menschen, der am meisten heimgesucht
war von all den wunderbaren Ängsten
und allen Geheimnissen des Geistes.«

Paul Valéry

Rainer Maria Rilke wurde am 4. Dezember 1875 in Prag geboren. Zunächst besuchte er die Militärerziehungsanstalt St. Pölten, die er 1891 aus Gesundheitsgründen verlassen mußte. Er studierte Philosophie, Kunst und Literatur in Prag, München und Berlin.

1905 erschien das ›Stunden-Buch‹, eine Summe seiner frühen Lyrik, die vor allem durch die gemeinsam mit Lou Andreas-Salomé unternommene Reise nach Rußland geprägt ist, wo er Tolstoj aufsuchte und Pasternak begegnete. ›Die Weise von Liebe und Tod des Cornets Christoph Rilke‹ (1906) machte ihn berühmt, aber bereits 1907 läßt er dem vom Jugendstil geprägten ›Stunden-Buch‹ seine ›Neuen Gedichte‹ folgen, für deren unerwarteten Ton man bald den Begriff »Dinggedicht« prägte. Zur Zeit dieser Verwerfung innerhalb seines Werkes lebte Rilke in Paris, wo zwischen 1904 und 1910 ›Die Aufzeichnungen des Malte Laurids Brigge‹ entstehen, eines der bedeutendsten Prosawerke der deutschen Literatur.

Nach einer Schaffenskrise während des Ersten Weltkrieges – Rilke leistete einen sechsmonatigen Militärdienst im Wiener Kriegsarchiv ab – ließ er sich 1921 in der Schweiz in einem Schloßturm bei Sitten im Rhonetal nieder. Innerhalb von vierzehn Tagen schrieb er 1922 ›Die Sonette an Orpheus‹ und vollendete seine ›Duineser Elegien‹ 1923. Am 29. Dezember 1926 starb er in einem Sanatorium in Val-Mont bei Montreux.

Zeitlebens war Rainer Maria Rilke dem Verleger Anton Kippenberg treu verpflichtet und vertraglich an dessen Leipziger Insel-Verlag gebunden. Rilke hatte das Verlegerehepaar Samuel und Hedwig Fischer durch Lou Andreas-Salomé kennengelernt und hielt mit ihm regen Kontakt. 1908 schrieb er mit Blick auf den ›Malte‹: »Wenn meine Entwicklung, die Sie an dieser Stelle vielleicht entscheidender unterstützen, als wir absehen, ihren Weg gehen darf, so muß sie zu einer gleichmäßigeren Fruchtbarkeit führen, die mir nach und nach ermöglichen würde, auch Ihrem Verlage mich später vielfach und fester zu verbinden.«

»Das, was Kunstwerke unterscheidet
von allen anderen Dingen, ist der Umstand,
daß sie gleichsam zukünftige Dinge sind,
Dinge, deren Zeit noch nicht gekommen ist.«
Rainer Maria Rilke

Die Aufzeichnungen des Malte Laurids Brigge

»Ich habe kein Dach über mir, und es regnet mir in die Augen«, läßt Rilke den 28jährigen Malte Laurids Brigge in seinen Aufzeichnungen notieren. Seine Möbel durfte der Letzte eines dänischen Adelsgeschlechts in einer heimischen Scheune unterstellen, dann ging er nach Paris, wo er sich als Dichter durchzuschlagen hoffte. Doch in dem fingierten Tagebuch, das Rilke als Destillat eines Bildungsromans komponierte, findet sich weder der düstere Pomp des Fin de siècle noch die grelle Keckheit der Belle Époque. Brigge erschließt sich die Einsamkeit und die Angst der Großstadt als existentielle Erfahrungen des Menschen am Beginn des 20. Jahrhunderts.

»Ich kenne wenige Bücher«, so Lawrence Durrell, »die im gleichen Maße mit poetischer Beobachtung angefüllt wären, wenige Bücher, in denen jede Zeile so schwer wiegt. Außerdem ist die Art ihrer Poesie unfehlbar genau in ihrer Sicht, sie wird dem Leser fast kühl, fast chirurgisch dargeboten.« Boris Pasternak, der russische Lyriker, der selbst viele Jahre später mit ›Doktor Shiwago‹ einen Roman vorlegte, zeichnet in seiner Charakterisierung der Kunst Rilkes präzise die Konturen des ›Malte Laurids Brigge‹ vor: »Für Rilke sind die malerischen und psychologischen Verfahren der zeitgenössischen Romanschriftsteller (Tolstoj, Flaubert, Proust und die Skandinavier) von Sprache und Stil seiner Dichtung nicht zu trennen.«

Bibliothèque Nationale.

Ich sitze und lese einen Dichter. Es sind viele Leute im Saal, aber man spürt sie nicht. Sie sind in den Büchern. Manchmal bewegen sie sich in den Blättern, wie Menschen, die schlafen und sich umwenden zwischen zwei Träumen. Ach, wie gut ist es doch, unter lesenden Menschen zu sein. Warum sind sie nicht immer so? Du kannst hingehen zu einem und ihn leise anrühren: er fühlt nichts. Und stößt du einen Nachbar beim Aufstehen ein wenig an und entschuldigst dich, so nickt er nach der Seite, auf der er deine Stimme hört, sein Gesicht wendet sich dir zu und sieht dich nicht, und sein Haar ist wie das Haar eines Schlafenden. Wie wohl das tut. Und ich sitze und habe einen Dichter. (...)
Man muß eine besondere Karte haben, um in diesen Saal eintreten zu können. Diese Karte habe ich vor euch voraus. Ich gehe ein wenig scheu, wie man sich denken kann, durch die Straßen, aber schließlich stehe ich vor einer Glastür, öffne sie, als ob ich zuhause wäre, weise an der nächsten Tür meine Karte vor (ganz genau wie ihr mir eure Dinge zeigt, nur mit dem Unterschiede, daß man mich versteht und begreift, was ich meine –), und dann bin ich zwischen diesen Büchern, bin euch weggenommen, als ob ich gestorben wäre, und sitze und lese einen Dichter.

Rainer Maria Rilke,
aus den Aufzeichnungen
des Malte Laurids Brigge

JAMES JOYCE

»Und zuallererst lese man die ›Dubliner‹. Es ist die einzige Möglichkeit, das Werk eines der größten Schriftsteller zu verstehen, eines der größten nicht unserer Zeit, sondern aller europäischen Literatur.«

T. S. Eliot

James Joyce wurde am 2. Februar 1882 als zweites von elf Kindern in Dublin geboren. 1888 wurde er Zögling des Jesuiten-Kollegiums Clongowes Wood in Sallins, 1893 Schüler am Belvedere College in Dublin. Von 1898 an studierte er englische, französische sowie italienische Literatur und lernte Deutsch und Norwegisch. Gemeinsam mit seiner Lebensgefährtin Nora Barnacle übersiedelte er 1904 von Irland nach Italien. Joyce wechselte häufig seinen Wohnort und lebte in Pola, Triest, Rom, Paris und Zürich.

Sein erstes Buch, die Gedichtsammlung ›Kammermusik‹, wurde 1907 veröffentlicht, der Erzählband ›Dubliner‹ erschien 1914 – nach achtjährigem Zögern des Verlegers, der einen Skandal fürchtete. Zwei Jahre später, 1916, folgte mit ›Ein Porträt des Künstlers als junger Mann‹ ein von autobiographischen Bezügen geprägter Roman, dessen fragmentarische Urfassung ›Stephen der Held‹ 1944 postum herausgegeben wurde. Mit dem bahnbrechenden Roman ›Ulysses‹ wurde Joyce 1922 schließlich international berühmt. In der Folge widmete er sich für die Dauer von 17 Jahren seinem ›Work in Progress‹, das 1939 unter dem Titel ›Finnegans Wake‹ erschien und in seiner Komplexität – trotz der zahlreichen Ansätze und Versuche – bis heute als nahezu unübersetzbar gilt.

James Joyce starb am 13. Januar 1941 in Zürich.

»Der Welt-Alltag der Epoche«

Hermann Broch

Dubliner

James Joyce hatte sein Werk minutiös auf den ›Ulysses‹ hin geplant: Als ersten Schritt setzte er mit den Erzählungen der ›Dubliner‹ ein naturalistisches Panorama der Stadt, in der alle seine Werke angesiedelt sein sollten. Im Roman ›Ein Porträt des Künstlers als junger Mann‹ erzählte er von seinen letzten Tagen vor dem Exil, aus dem er dann im ›Ulysses‹ einen einzigen Tag der irischen Hauptstadt minutiös zu einem literarischen Kosmos ausgestaltete, der enzyklopädisch Zeit und Welt umfaßt.

In den Geschichten der ›Dubliner‹ durchschritt James Joyce nicht nur zum ersten Mal seine Erzählwelt, er erprobte auch seine distanziert kühle, weder beschönigende, noch moralisch urteilende Beobachtungskunst. Weder zeichnete er ein pittoreskes Bild von den in ihre Lügen verstrickten Trunkenbolden und Pensionswirtinnen, noch diffamiert er das auf ihren kleinen Sünden wachsende Glück, sondern zeigt »die unheilbare Einsamkeit der Seele«. Ob ein Priester den Verstand verliert, weil er einmal einen Abendmahlskelch fallen ließ, oder ein Angestellter von seiner Wirtin gezwungen wird, deren Tochter zu heiraten – der Erzähler bindet mit großer atmosphärischer Suggestion alle Geschichten zu einem Figurenreigen, dem Totentanz einer bald zu verlassenden Stadt.

In der Sammlung Fischer erscheinen die ›Dubliner‹ in der Übersetzung von Dieter E. Zimmer, die den deutschen Leser »zum ersten Mal in die Lage versetzt, dieser Prosa und ihren Herrlichkeiten überhaupt näherzukommen«. (*Frankfurter Allgemeine Zeitung*)

HERMAN BANG

*»Jetzt lese ich beständig
Herman Bang, dem ich mich
tief verwandt fühle.«*

Thomas Mann

Herman Joachim Bang wurde am 20. April 1857 als Sohn eines Pfarrers in Adserballe (Dänemark) geboren. Nach kurzem Studium scheiterte er als Schauspieler und wurde Journalist und Redakteur. Er reiste durch Deutschland, Frankreich und die skandinavischen Länder. Seine schriftstellerische Laufbahn begann er als Essayist; mit ›Hoffnungslose Geschlechter‹ veröffentlichte er 1880 seinen ersten Roman. Dekadenz und Verfall stehen im Mittelpunkt seiner Erzählungen, doch berühmt wurde Bang für seine dem Impressionismus verpflichtete Technik. ›Das weiße Haus‹ (1898), ›Das graue Haus‹ (1901) sowie die postum veröffentlichte Erzählung ›Sommerfreuden‹ (1915) gehören zu seinen bekanntesten Büchern. Herman Bang starb am 29. Januar 1912 während einer Vortragsreise in den USA in Ogden, Utah.

1898 erschien sein Roman ›Am Wege‹ bei S. Fischer als deutsche Erstausgabe. Mit ›Hoffnungslose Geschlechter‹, ›Das weiße Haus‹, ›Michael‹ und ›Ludwigshöhe‹ folgten rasch weitere Übersetzungen. Nach Bangs Tod erschien 1919 eine vierbändige Werkausgabe, 1926 begann S. Fischer mit der Edition seiner ›Gesammelten Werke in Einzelausgaben‹, die 1927 abgeschlossen vorlag.

»Man wird Dichter, nicht weil man über
seiner Zeit steht, sondern weil man ihr völliger,
lebendiger Ausdruck ist, weil man mit ihr
gelitten hat, mit ihr gekämpft und
sie verstanden hat.«
Herman Bang

Sommerfreuden

Herman Bang schrieb von Mai bis Juni 1901 in einem Zug die ›Sommerfreuden‹ nieder, mit denen er sich nach Jütland zurückversetzte, in das kleine Städtchen Saeby, das er so gut kannte. Die Sommergäste in Brasens Hotel, die Wirtsleute und die sich spießig gebenden Bürger des Ortes – Bang hat seine Figuren aufs genaueste beobachtet, sie durch kleine Bemerkungen, durch unscheinbare Züge charakterisiert und sich wohl auch ein wenig lustig über sie gemacht, bis zu dem Punkt, an dem sich spüren läßt, daß solche Lustigkeit auf Kosten derer geht, die das tiefste Mitgefühl verdienen. An diesem Punkt wird die Erzählung melancholisch. Nie vorher und nie nachher hat Bang seine impressionistische oder eher pointillistische Technik mit solcher Meisterschaft gehandhabt. Sein »Bild« besteht aus Tupfen, kleinteiligen farbigen Elementen, aus immer wieder unterbrochenen, abgebrochenen Sätzen und Satzteilen, aus Andeutungen und Vorausdeutungen, einem scheinbaren Wirrwarr, in dem beinahe alles sich nicht auf das Nächstliegende, sondern auf weit Entferntes reimt, bis aus lauter Details eine vollkommene Komposition aufscheint: die große Welt in der kleinsten.

»Herman Bang ist der Dichter der Erinnerung.«
Walter Boehlich

FRANZ KAFKA

»Ich habe nie eine Zeile von ihm gelesen, die mir nicht auf das eigentümlichste mich angehend oder erstaunend gewesen wäre.«

Rainer Maria Rilke

Franz Kafka wurde am 3. Juli 1883 als Sohn eines jüdischen Kaufmanns in Prag geboren. Den Vater erlebte er schon früh als übermächtige Erscheinung, die, dokumentiert durch den 1919 entstandenen ›Brief an den Vater‹, für den Schriftsteller zur kaum überwindbaren Herausforderung werden sollte. Die ersten literarischen Arbeiten entstanden bereits während des Jurastudiums, das er mit der Promotion abschloß. Im Jahr 1902 begann seine Freundschaft mit Max Brod. 1908 wurde Kafka Angesteller der »Arbeiter-Unfall-Versicherungs-Anstalt«, was zahlreiche Dienstreisen mit sich brachte. Starkes Interesse für das jiddische Theater.

1912 begann seine Arbeit an dem Roman ›Der Verschollene‹ (später von Max Brod unter dem Titel ›Amerika‹ ediert), der jedoch, wie auch ›Der Proceß‹ (1914) und ›Das Schloß‹ (1922), unvollendet blieb und erst nach Kafkas Tod gedruckt werden sollte.

Der Band ›Betrachtung‹ (1913), der acht kurze Prosastücke enthielt, war die erste der wenigen Buchpublikationen, die zu seinen Lebzeiten veröffentlicht wurden. Das Erscheinen der Erzählungen ›Das Urteil‹ (1913) und ›Die Verwandlung‹ (1915) verhalf Kafka zu literarischem Erfolg. 1912 lernte er Felice Bauer kennen; es entwickelte sich ein intensiver Briefwechsel, der zu einer zweimaligen Verlobung führte. 1917 wurde eine Lungentuberkulose festgestellt, 1922 wurde er aus gesundheitlichen Gründen vorzeitig pensioniert. In diese Zeit fiel die Freundschaft mit der Journalistin Milena Jesenská.

In den letzten Lebensjahren beschäftigte sich Kafka intensiv mit der jüdischen Überlieferung und der hebräischen Sprache. Im Herbst 1923 übersiedelte er von Prag nach Berlin, im April 1924 jedoch mußte er sich in ein Sanatorium in Kierling bei Wien begeben, wo er am 3. Juni starb.

»Es ist das Schicksal und vielleicht auch die Größe dieses Werkes, daß es alle Möglichkeiten darbietet und keine bestätigt.«
Albert Camus

Die Editionsgeschichte der Werke Kafkas ist eine der Arabesken des Jahrhunderts: Der Autor, der voller Skrupel und Bedenken gegenüber seinen Werken nur wenige schmale Bände zu Lebzeiten erscheinen ließ und seinen gesamten Nachlaß verbrannt wissen wollte, wurde nach dem Zweiten Weltkrieg zu einer der zentralen Gestalten der Weltliteratur. Bis 1950 lagen seine Bücher in dem kleinen New Yorker Exilverlag von Salman Schocken vor, von dem Bermann Fischer und Rudolf Hirsch nach sich über zwei Jahre hinziehenden Verhandlungen die Lizenz für ›Franz Kafkas gesammelte Werke‹ übernehmen konnten, deren Herausgabe Max Brod, Kafkas Freund und Nachlaßverwalter, besorgte.

Sein Ruhm breitete sich geradezu explosionsartig aus: Der Name Franz Kafka, während der Zeit des Faschismus in Deutschland vergessen und unter Bann gestellt, wurde nach dem Erscheinen des ›Proceß‹ im Jahr 1950 zum Begriff, seine Vision einer unentrinnbaren Schuld zum Synonym für die Erfahrungen des Jahrhunderts. Ohne seine Reflexionen über den Prozeß des Schreibens ist die Poetik der Moderne nicht mehr zu denken.

Seit 1982 erscheint im S. Fischer Verlag die ›Kritische Ausgabe‹ der Werke Franz Kafkas, die anhand der Originalmanuskripte erarbeitet wurde und den authentischen Text bietet, einschließlich aller unvollendeten Kapitel und unter Beibehaltung von Orthographie und Zeichensetzung. Dieser Edition folgen alle in der Sammlung Fischer publizierten Titel.

Der Proceß

Dem Bankprokuristen Josef K. wird eines Morgens mitgeteilt, es sei Anklage gegen ihn erhoben. Vergeblich versucht er, zu erfahren, was ihm zur Last gelegt wird, und ebenso erfolglos bleiben alle seine Bemühungen, zu den Richtern eines eigentümlichen, traumhaften, allgegenwärtigen Gerichts vorzudringen. Glaubt er anfangs noch, das scheinbar absurde Verfahren ignorieren zu können, so sickert der »Proceß« allmählich in seinen Alltag ein, untergräbt das gleichförmige und sozial distanzierte Leben, das er bisher führte. Am Ende reicht das Kraftfeld des Gerichts bis in sein Innerstes: Das unbekannte Gesetz erfüllt sich.

Franz Kafka schrieb die ersten Seiten des ›Proceß‹ Anfang August 1914, wenige Tage nach Beginn des Ersten Weltkriegs. Mitte Januar 1915 brach er die Arbeit ab. Das Manuskript vertraute er später seinem Freund Max Brod an, der den Roman 1925, im Jahr nach Kafkas Tod, erstmals veröffentlichte.

Sämtliche Erzählungen

»Wunderbare Detektoren zur Erkundung des Verborgenen« hat Friedhelm Kemp Kafkas Erzählungen genannt, deren hermetischer parabelhafter Gestus zur Signatur seines Werkes wurde. Der Maschinenalptraum ›In der Strafkolonie‹, Gregor Samsas Erwachen als Käfer in ›Die Verwandlung‹, das abweisend-enigmatische ›Urteil‹ sind wie die Sängerin der Mäuse Motive und Gestalten der Weltliteratur geworden, es sind Knotenpunkte, deren Deutungsvielfalt beunruhigt und inspiriert.

»Es sind Berichte von völliger Wahrheit, ganz und gar nicht wie erfunden, zwar sonderbar durcheinander gemischt, aber von einem völlig wahren, sehr realen Zentrum geordnet ... Es haben einige von Kafkas Romanen gesagt: sie hatten die Art von Träumen – und man kann dem zustimmen. Aber was ist denn die Art der Träume? Ihr ungezwungener, uns jederzeit ganz einleuchtender, transparenter Ablauf, unser Gefühl und Wissen um die tiefe Richtigkeit dieser ablaufenden Dinge, und das Gefühl, daß diese Dinge uns sehr viel angehen.«

Alfred Döblin

VIRGINIA WOOLF

»Ich wollte eigentlich
über den Tod schreiben,
nur ist das Leben wie immer
dazwischengekommen.«

Virginia Woolf wurde am 25. Januar 1882 in London geboren und wuchs als jüngste Tochter des Biographen und Kritikers Leslie Stephen in dem großbürgerlichen Milieu des viktorianischen England auf. Der Tod ihrer Mutter 1895 und ihrer älteren Schwester führte zum Ausbruch einer schweren psychischen Krise, deren Schatten sie nie mehr loslassen sollten. 1912 heiratete sie Leonard Woolf, der ihretwegen eine Karriere im Kolonial-Dienst aufgab. Trotz Virginias immer wiederkehrenden Bewußtseinstrübungen war es eine Ehe von hohem intellektuellem Anspruch, großer Offenheit und gegenseitiger Achtung. Zusammen gründeten die Woolfs 1917 den Verlag The Hogarth Press. Ihr Haus war Zentrum der sogenannten Bloomsbury Group, zu der Virginias Schwester, die Malerin Vanessa Bell, deren Mann Clive, sowie Lytton Strachey, E. M. Forster und Vita Sackville-West gehörten. Schon früh engagierte sich Virginia Woolf für die Frauenbewegung. Im Frühjahr 1941 nahm sich Virginia Woolf unter dem Eindruck der Verwüstungen des Zweiten Weltkrieges und erneut bedroht von einer zunehmenden Verdunkelung ihres Gemüts das Leben.

Wie keine zweite erforschte Virginia Woolf schreibend das Leben der Frau. Die Diskrepanz von meßbarer und verlorener Zeit, die Verwandlungen in den Augenblicken dazwischen, Assoziationen und Visionen, die aus der Gegenwart in den Wahnsinn treiben, sind ihre großen Themen, die sich durch alle ihre Romane und Essays ziehen: ›Mrs Dalloway‹ (1925), ›Die Fahrt zum Leuchtturm‹ (1927), ›Orlando‹ (1928), ›Die Wellen‹ (1931) sowie das Romanfragment ›Zwischen den Akten‹ (1941). Um diese Momente so genau wie möglich wiederzugeben, entwickelte sie formale Möglichkeiten wie gleichzeitig nur James Joyce und Alfred Döblin. Diese Konsequenz und Kühnheit machen sie zur wichtigsten englischen Autorin des Jahrhunderts.

Bereits 1934 veröffentlichte der S. Fischer Verlag die Erzählung ›Flush‹, seit 1989 erscheinen die ›Gesammelten Werke in Einzelausgaben‹. Sie umfassen Romane, Kurzprosa, Biographien sowie Tagebücher und eine Auswahl der Briefe und Essays – vieles davon als deutsche Erstveröffentlichungen. Die Romane werden in neuen, den syntaktischen und rhythmischen Sprachduktus der Originale präziser nachzeichnenden Übersetzungen vorgelegt.

»Spreche ich nur für mich, wenn ich sage,
daß ich für mich selbst noch immer ein Gegenstand
unerschöpflicher und faszinierendster Spannung zu sein
scheine? – ein fortgesetzt ausbrechender Vulkan.«
Virginia Woolf

Mrs Dalloway

»Bei diesem Buch habe ich beinahe zu viele Ideen. Ich will Leben & Tod, geistige Gesundheit & Wahnsinn zum Ausdruck bringen; ich will Kritik am Gesellschaftssystem üben & es in Aktion vorführen, da wo sie am intensivsten ist«, vermerkte Virginia Woolf 1923 in ihrem Tagebuch. Sie schrieb an einem Roman, der ›The Hours‹ heißen sollte, nach den Stundenschlägen des Big Ben, die den Ablauf eines einzigen Tages – eines Junitages im Jahr 1923 – begleiten. Doch die Protagonistin Mrs Dalloway wurde zum Zentrum des Buches, denn es sind ihre Empfindungen, Assoziationen und Visionen, in denen sich Vergangenheit und Gegenwart spiegeln.

Mrs Dalloway, die Gattin eines Parlamentsabgeordneten, wird eine große Abendgesellschaft in ihrem Haus im vornehmen Stadtteil Westminster geben. Sie trifft Vorbereitungen, doch überläßt sie sich dabei ihren Erinnerungen und Gedanken, die die eigentliche Handlungsebene des Romans bilden – ein Gewebe aus zufälligen Begegnungen, Verabredungen und schmerzlichen Abschieden. Ein unbekannter Schatten des Todes mischt sich unter die scheinbar glückliche Abendgesellschaft und macht sie zu einem flüchtigen Augenblick im Fluß der Zeit.

»Hätte hinter dem ziellosen Gewehrfeuer der Presse der Autor das Gefühl, es gebe doch noch eine andere Art von Kritik, die Meinung von Menschen, die lesen aus Liebe zum Lesen, langsam und nicht berufsmäßig, und die mit großer Sympathie und doch mit großer Strenge urteilen, könnte dies nicht die Qualität seiner Arbeit erhöhen? Und würden mit unserer Hilfe die Bücher stärker, reicher und vielfältiger, so wäre dies ein Ziel, das zu erreichen sich lohnte.

Doch wer liest, um ein Ziel zu verwirklichen, wie wünschenswert es auch sei? Gibt es nicht manche Beschäftigung, der wir nachgehen, weil sie in sich gut ist, und manche Freuden, die endgültig sind? Und gehört die des Lesens nicht dazu? Ich habe jedenfalls manchmal geträumt, wenn der Tag des Jüngsten Gerichts heraufdämmert und die großen Eroberer und Rechtsgelehrten und Staatsmänner kommen, ihren Lohn zu empfangen – ihre Kronen, ihren Lorbeer, ihre Namen unauslöschlich gemeißelt in unvergänglichen Marmor –, dann werde der Allmächtige sich zu Petrus wenden und werde sagen, nicht ohne einen gewissen Neid, wenn er uns mit unseren Büchern unter dem Arm kommen sieht, »Sieh, diese brauchen keinen Lohn. Wir haben ihnen hier nichts zu geben.
Sie haben das Lesen geliebt.«

Virginia Woolf
Wie sollte man ein Buch lesen?

HEINRICH MANN

»Meine Götter geblieben sind immer noch Heinrich Mann, Nietzsche und Taine, an denen habe ich mich gebildet.«

Gottfried Benn

Heinrich Mann, geboren am 27. März 1871 in Lübeck, begann nach dem Abgang vom Gymnasium eine Buchhandelslehre. 1891 bis 1892 volontierte er im S. Fischer Verlag, Berlin, und war gleichzeitig Gasthörer an der Universität. Nachdem Heinrich Mann sein episches Talent in zwei Geschichtensammlungen erprobt hatte, veröffentlichte er 1900 den Roman ›Im Schlaraffenland‹. 1903 folgte die Trilogie ›Die Göttinnen oder Die drei Romane der Herzogin von Ossy‹, 1905 sein in wenigen Monaten niedergeschriebener Roman ›Professor Unrat‹, dessen Verfilmung unter dem Titel ›Der blaue Engel‹ mit Marlene Dietrich Heinrich Mann weltberühmt machte. An dem Drehbuch arbeitete Carl Zuckmayer mit. Die Romane ›Die kleine Stadt‹ (1909) sowie ›Der Untertan‹ (1918) wurden große Publikumserfolge und mit ›Die Armen‹ aus dem Jahre 1917 zu der Trilogie ›Das Kaiserreich‹ zusammengefaßt.

Während der Weimarer Republik verfaßte Heinrich Mann eine große Zahl politischer und kulturkritischer Essays. Seit 1931 Präsident der Sektion Dichtkunst der Preußischen Akademie der Künste zu Berlin, wurde im Februar 1933 sein Ausschluß aus der Akademie erzwungen. Heinrich Mann emigrierte 1940 über Paris und Nizza, Spanien und Portugal nach Kalifornien.

Die literarische Frucht seines Exils in Frankreich verkörpert der monumentale zweibändige Roman ›Die Jugend des Königs Henri Quatre‹ sowie ›Die Vollendung des Königs Henri Quatre‹ (1935/1938). 1949 nahm er die Berufung zum Präsidenten der neu zu gründenden Deutschen Akademie der Künste in Ost-Berlin an. Heinrich Mann starb 1950 in Santa Monica, Kalifornien. Seine Urne ist auf dem Dorotheenstädtischen Friedhof in Berlin beigesetzt.

Den ›Untertan‹ hatte Heinrich Mann 1906–1914 begonnen, doch wurde der Vorabdruck bei Ausbruch des Ersten Weltkriegs eingestellt. Erst 1918 konnte er im S. Fischer Verlag erscheinen, dem Hausverlag Heinrich Manns.

»Was eine Gesellschaft und ein Jahrhundert werden, weiß die Literatur im voraus, oder niemand weiß es.«
Heinrich Mann

Der Untertan

›Der Untertan‹ ist der große satirische Gesellschafts- und Zeitroman deutscher Sprache. Bis heute sind die Befunde, die Heinrich Mann der Krankengeschichte des Hohenzollern Reiches abgewann, eine gültige Diagnose des deutschen Wesens.

Kurt Tucholsky schrieb 1919 in seiner Rezension: »Dieses Buch Heinrich Manns, heute, gottseidank, in aller Hände, ist das Herbarium des deutschen Mannes. Hier ist er ganz: in seiner Sucht zu befehlen und zu gehorchen, in seiner Roheit und in seiner Religiosität, in seiner Erfolgsanbeterei und in seiner namenlosen Zivilfeigheit ... Ein Stück Lebensgeschichte eines Deutschen wird aufgerollt: Diederich Heßling, Sohn eines kleinen Papierfabrikanten, wächst auf, studiert und geht zu den Korpsstudenten, dient und geht zu den Drückebergern, macht seinen Doktor, übernimmt die väterliche Fabrik, heiratet reich und zeugt Kinder. Aber das ist nicht nur Diederich Heßling oder ein Typ. Das ist der Kaiser, wie er leibte und lebte. Das ist die Inkarnation des deutschen Machtgedankens, da ist einer der kleinen Könige, wie sie zu Hunderten und Tausenden in Deutschland lebten und leben, getreu dem kaiserlichen Vorbild, ganze Herrscherchen und ganze Untertanen.«

THORNTON WILDER

»Die Natur schläft nie.«

Thornton Wilder wurde am 17. April 1897 in Madison, Wisconsin, als Sohn eines Zeitungsverlegers geboren, der später Generalkonsul in Hongkong und Shanghai wurde. Im Anschluß an englische und deutsche Missionsschulen in China besuchte er von 1915 bis 1920 amerikanische Colleges und Universitäten, betrieb 1920 in Rom archäologische Studien, von 1922 an unterrichtete er Französisch in New Jersey. 1927 erschien sein novellistischer Roman ›Die Brücke von San Luis Rey‹, die mit dem Pulitzer-Preis ausgezeichnet wurde, den er für sein Schauspiel ›Unsere kleine Stadt‹ 1938 zum zweiten Mal erhielt, ein drittes Mal 1942 für das Drama ›Wir sind noch einmal davongekommen‹, das in Deutschland eines der meistgespielten Theaterstücke der Nachkriegszeit wurde. Aus der Komödie ›Die Heiratsvermittlerin‹ wurde das Erfolgsmusical ›Hello, Dolly!‹.

Während des Krieges leistete Wilder von 1942 bis 1945 Dienst als Offizier. Sein Caesarroman ›Die Iden des März‹ erschien 1948, sein erstes Buch, das in Europa – und vor allem in Deutschland – populärer werden sollte als in den USA. ›Der achte Schöpfungstag‹ wurde als bester amerikanischer Roman des Jahres 1967 ausgezeichnet, sein siebter und letzter Roman ›Theophilus North‹ erschien 1973.

Am 7. Dezember 1975 verstarb Thornton Wilder in Hamden, Connecticut (USA).

›Die Brücke von San Luis Rey‹ wurde in der deutschen Übersetzung von Herberth Herlitschka erstmals 1950 im Bermann-Fischer Verlag, Amsterdam, veröffentlicht. Die Taschenbuchausgabe eröffnete 1952 die neugegründete *Fischer Bücherei* und ist als Band Nummer 1 bis heute lieferbar. 1948 schrieb Wilder an Brigitte Bermann Fischer: »Es wird ein stolzer Tag sein, wenn ich den Namen Ihres Vaters auf einem meiner Bücher lesen werde, das sich dann einreiht in die Prozession, die er sammelte und leitete.«

»Das nie endende Staunen über die Kluft zwischen jedem winzigen Ereignis im täglichen Leben und den riesigen Spannen von Zeit und Raum, in denen jedes Individuum seine Rolle spielt.«

Thornton Wilder

Die Brücke von San Luis Rey

Im Jahre 1714 reißt an einem Sommertag eine Hängebrücke in Peru. Bei dieser Katastrophe finden fünf Menschen den Tod: die einsame, alternde Marquesa de Montemayor, ihre junge Gesellschafterin Pepita, der um seinen Zwillingsbruder trauernde Estebán, der von einem abenteuerlichen Leben gezeichnete Onkel Pio und der Knabe Don Jaime, den Pio in Lima erziehen wollte. Bruder Juniper, den fast das gleiche Los getroffen hätte, nimmt dieses Verhängnis zum Anlaß, Nachforschungen über das Leben der Unglücklichen anzustellen. War ihr Ende Fügung oder bloßer Zufall? Seine Fragen bleiben ohne Antwort, und das Buch, in dem er seine Erfahrungen sammelt, fällt, wie er selbst, dem Urteil der Inquisition zum Opfer.

»Das Bewußtsein des Schwindel erregenden, verschwenderischen Ablaufs unzählbarer menschlicher Geschicke in Jahrtausenden und in einem Weltall, das nichts weiß von diesen Geschicken ... führt Wilder zu seiner gelassenen Bescheidenheit, die ... nur ein Teil des ergriffenen Staunens ist, des Respektes, aus dem sich die dem Dichter eigene, wunderbare poetische Atmosphäre ergibt.« (Carl Jacob Burckhardt)

ALFRED DÖBLIN

*»Döblin kommt mir so vor,
als würde er die sichtbare Welt
als etwas ganz Unvollkommenes
auffassen, das er erst mit seinem
Wort schöpferisch ergänzen muß.«*

Franz Kafka

Alfred Döblin, geboren am 10. August 1878 in Stettin, stammte aus einer jüdischen Kaufmannsfamilie und war nach einem Studium der Medizin von 1911 an als Nervenarzt in Berlin tätig, wo er die expressionistische Zeitschrift *Der Sturm* mitherausgab. Seinen ersten Romanen ›Die drei Sprünge des Wang-lun‹ (1915) und ›Wallenstein‹ (1920) folgte 1929 ›Berlin Alexanderplatz‹, der als deutscher Großstadtroman beispiellos ist und dessen formaler Einfallsreichtum bis heute beeindruckt.

Döblin emigrierte vor den Nazis 1933 nach Paris, wohin sie ihm eine äußerst hohe Steuerforderung nachschickten. Er nahm die französische Staatsbürgerschaft an. 1940 flüchtete er weiter in die USA und konvertierte zum Katholizismus. Nach dem Krieg kehrte Döblin als französischer Offizier nach Deutschland zurück, wo er von 1946–1951 als Herausgeber der Literaturzeitschrift *Das goldene Tor* tätig war und 1949 die Mainzer Akademie mitbegründete. Zurückgekehrt, veröffentlichte er mit ›Land ohne Tod‹ (1937–48) und ›November 1918‹ (1948–50) zwei große Romantrilogien, doch blieb er im unmittelbaren Nachkriegsdeutschland literarisch isoliert: »Es wurde keine Rückkehr, sondern ein etwas verlängerter Besuch ... ich bin in diesem Lande, in dem ich und meine Eltern geboren sind, überflüssig.« 1953 fuhr er nach Paris zurück – »ein Abtransport«, wie er selber sagte. Seit 1956 Patient in Sanatorien des Schwarzwaldes, starb Alfred Döblin am 26. Juni 1957 in Emmendingen.

Sein letzter, kurz vor seinem Tod vollendeter Roman ›Hamlet oder Die lange Nacht nimmt ein Ende‹ erschien postum.

Döblins Roman ›Berlin Alexanderplatz‹ wurde 1929 im S. Fischer Verlag erstmals veröffentlicht und erreichte zehn Auflagen. Die Verfilmung des Romans von 1931 mit

Heinrich George als Franz Biberkopf wurde genauso berühmt wie Fassbinders Fernsehfassung – eine der Kultsendungen der achtziger Jahre.

»Jedes Buch endet (für mich)
mit einem Fragezeichen.
Jedes Buch wirft am Ende dem
nächsten Buch den Ball zu.«

Alfred Döblin

Berlin Alexanderplatz. Die Geschichte vom Franz Biberkopf

»Dieser Mann muß den Teufel al fresco immer von neuem an die Wand malen, es ist kein Wunder, wenn der immer von neuem kommt und ihn holen will«, charakterisierte Walter Benjamin Döblins Held. Die Geschichte des Transportarbeiters Franz Biberkopf, der aus der Strafanstalt Berlin-Tegel entlassen wird und als ehrlicher Mann ins Leben zurückfinden möchte, ist der erste deutsche Großstadtroman von weltliterarischem Rang. Das Berlin der zwanziger Jahre ist der Schauplatz des Geschehens, und die Stadt selbst wird zum Gegenspieler des gutmütig-jähzornigen Franz Biberkopf, der dieser verlockenden, aber unerbittlichen Welt zu trotzen versucht. Doch die Stadt umstellt ihn und läßt ihm keinen Ausweg – aus der Geschichte wird eine Moritat, aus der Moritat eines der großen Epen unseres Jahrhunderts.

Alfred Döblin
BERLIN ALEXANDER-PLATZ
DIE GESCHICHTE VOM FRANZ BIBERKOPF
S. Fischer Verlag
Von einem einfachen MANN wird hier erzählt, der in BERLIN am ALEXANDERPLATZ als Strassenhändler steht. Der MANN hat vor anständig zu sein, da stellt ihm das Leben hinterlistig ein Bein. Er wird betrogen, er wird in Verbrechen reingezogen, zuletzt wird ihm seine BRAUT genommen und auf rohe Weise umgebracht. Ganz aus ist es mit dem MANN FRANZ BIBERKOPF. Am Schluss aber erhält er eine sehr klare Belehrung:
MAN FÄNGT NICHT SEIN LEBEN MIT GUTEN WORTEN UND VORSÄTZEN AN, MIT ERKENNEN UND VERSTEHEN FÄNGT MAN ES AN UND MIT DEM RICHTIGEN NEBENMANN.
Ramponiert steht er zuletzt wieder am ALEXANDERPLATZ, das Leben hat ihn mächtig angefasst.
G.SALTER

»Kein anderer hat diese Stadtwelt mit so leichter Hand vorgeführt wie Döblin, so spielerisch und ironisch, lachend und trauernd, die Meisterleistung eines Sprachkünstlers, der das Innerste des Menschen und die Äußerlichkeiten der ihn umgebenden Welt oft in einem Satz umfaßt ... Hier redet alles, die Großstadt, die Häuser, die Läden, die Büros, die Reklametafeln, die Zeitungen, die Anzeigen, die Litfaßsäulen, die Polizeiprotokolle, sogar die Statistik redet hier. All das wird nicht geschildert, beschrieben, erklärt, all das äußert sich in Dialogen und Monologen, eine Zeitungsschlagzeile wird zu einer abenteuerlichen Szene, eine Straßenbahnfahrt zu einem exotischen Reisebericht.«

Dieter Forte in seinem
Nachwort zur Ausgabe der
SAMMLUNG FISCHER

ANTOINE DE SAINT-EXUPÉRY

»Alles, was Saint-Exupéry erzählt,
trägt den Stempel des Selbsterlebten.
Dies: daß er selber mehr als einmal
der Gefahr die Stirn geboten hat,
gibt dem Buch den Reiz des Echten
und Unnachahmlichen ... seine
ungewöhnliche Bedeutung.«

André Gide

Antoine de Saint-Exupéry wurde am 29. Juni 1900 in Lyon geboren. Er entstammt einem alten französischen Adelsgeschlecht. Mit 21 Jahren trat er in den zivilen Luftdienst ein. Er flog auf Verkehrslinien in drei Erdteilen und stellte 1939 einen Rekord im Überfliegen des Atlantiks auf. Im Zweiten Weltkrieg emigrierte er nach der Besetzung Frankreichs als Fliegerhauptmann in die USA, kehrte aber mit der Invasionsarmee 1944 nach Frankreich zurück. Saint-Exupéry debütierte 1928 mit dem Roman ›Südkurier‹, der wie auch die nachfolgenden Werke ›Nachtflug‹ (1931) und ›Flug nach Arras‹ (1942) vor allem aus seinen eigenen Erlebnissen erwuchs. 1939 folgte der Roman ›Wind, Sand und Sterne‹, für den er mit dem *Grand prix du roman* der Académie française ausgezeichnet wurde. Weltberühmt wurde Antoine de Saint-Exupéry durch das Märchen ›Der kleine Prinz‹ (1943). Am 31. Juli 1944 wurde sein Flugzeug bei einem Aufklärungsflug über dem Mittelmeer abgeschossen, von ihm blieb keine Spur.

1932 erschien ›Nachtflug‹ als deutsche Erstausgabe in der Übersetzung von Hans Reisinger bei S. Fischer.

»Die Menschen müssen hinunter gestiegen
sein in diesen dunklen Brunnen,
und wenn man sie fragt,
was ihnen begegnet ist, so müssen
sie sagen können: nichts.«
Antoine de Saint-Exupéry

Nachtflug

Der Nachtflug, auf der Strecke Rio–Buenos Aires 1928 erstmals unternommen, war noch ein gefährliches Wagnis, als wenig später Antoine de Saint-Exupéry, Betriebsdirektor der Compagnie Générale Aéropostale Argentina, seinen Roman ›Nachtflug‹ niederschrieb. Die Schnelligkeit der Dampfer und Eisenbahnen, die nachts den Vorsprung der Flugzeuge wettzumachen suchten, zwang die Flieger in den dunklen Abgrund zwischen Tag und Tag. Sie erfuhren, zwischen Himmel und Erde, die gewaltige Schönheit und die furchtbare Drohung elementarer Kräfte, die Sehnsucht und die Furcht inmitten unermeßlicher Weite.

Die Menschen dieses Romans erleben, »wie das Ungewollte immer wieder die Oberhand gewinnt«: Ein Unwetter zieht auf, das Flugzeug kommt von seinem Kurs ab, jeder Plan und jede Orientierung sind dahin. Sekunden beweisen zwei Menschen das gnadenlose Wirken der Zeit. Aber mit jedem neuen Start »wird das Brausen des Lebens alle Zweifel und Fragen gelöst haben«, und eine neue Lektion in Sachen Lakonie und Mut beginnt.

STEFAN ZWEIG

»Ich glaube, noch niemand vor ihm hat so eindringlich, mit so erstaunlicher Barmherzigkeit zum Menschen über die Liebe geschrieben.«

Maxim Gorki

Stefan Zweig wurde am 28. November 1881 in Wien geboren und studierte Germanistik und Romanistik. Früh als Übersetzer Verlaines, Baudelaires und Verhaerens hervorgetreten, veröffentlichte er 1901 seine ersten Gedichte. Nach der Promotion unternahm er ausgedehnte Reisen, u.a. nach Indien und Nordamerika. Zweig schrieb Erzählungen, Essays, Dramen, Biographien und Rezensionen. Nach dem Ausbruch des Ersten Weltkrieges wurde er ins Kriegspressequartier eingezogen, 1917 offiziell in die neutrale Schweiz gesandt. Nach dem Krieg heiratete er Friderike Maria von Winternitz und übersiedelte nach Salzburg. In den folgenden Jahren wurde Zweig zum meistübersetzten deutschsprachigen Schriftsteller, der vor allem für seine biographischen Arbeiten geschätzt wurde. Er unternahm zahlreiche Vortragsreisen und übersiedelte 1935 nach London, 1940 nach New York und 1941 schließlich nach Petrópolis (Brasilien). Als letzte Werke wurden seine Autobiographie ›Die Welt von Gestern‹ und die ›Schachnovelle‹ vollendet. Gemeinsam mit seiner zweiten Frau Lotte Altmann nahm sich Stefan Zweig am 23. Februar 1942 das Leben.

Während der Naziherrschaft durften Stefan Zweigs Bücher in Deutschland nicht erscheinen. So wurde 1938 eine Gesamtausgabe im Bermann-Fischer Verlag, Stockholm, begonnen und 1956 im S. Fischer Verlag, Frankfurt am Main, komplettiert. Von 1981–1991 gab Knut Beck die ›Gesammelten Werke‹ in 35 Einzelbänden heraus.

»Die Sonne schien voll und stark. Wie ich heimschritt, bemerkte ich mit einemmal vor mir meinen eigenen Schatten, so wie ich den Schatten des anderen Krieges hinter dem jetzigen sah. Er war durch all diese Zeit nicht mehr von mir gewichen.«

Stefan Zweig

**Marie Antoinette.
Bildnis eines mittleren Charakters**

»Die Geschichte der Königin Marie Antoinette schreiben, heißt einen mehr als hundertjährigen Prozeß aufnehmen, in dem Ankläger und Verteidiger auf das heftigste gegeneinander sprechen. Den leidenschaftlichen Ton der Diskussion verschuldeten die Ankläger. Um das Königtum zu treffen, mußte die Revolution die Königin angreifen, und in der Königin die Frau.«

Doch die österreichische Prinzessin, Tochter Maria Theresias und Gattin des französischen Königs Ludwig XVI., war weder die ›Dirne der Revolution‹ noch die große Heilige, die die Royalisten später in ihr sahen. Stefan Zweig befreit die Lebensgeschichte der Marie Antoinette vom Schleier der Anekdoten und Legenden und zeichnet mit der Erzählkunst des großen Schriftstellers und dem Einfühlungsvermögen des ›Psychologen aus Leidenschaft‹ eine Tragödie ungewollten Heldentums.

»Es ist das Bedürfnis, Ihnen zu sagen, wie ich Ihre Vertiefung in das Seelenleben dämonischer Menschen, wie ich Ihre kunstvolle Sprache bewundere, die sich den Gedanken anschmiegt wie eine durchsichtig gedachte Kleidung mancher antiker Statuen um deren Leiber.«

Sigmund Freud an Stefan Zweig

FERNANDO PESSOA

»Sein Werk ist ein Schritt
auf das Unbekannte zu.
Es ist eine Passion.«
Octavio Paz

Fernando Pessoa wurde am 13. Juni 1888 in Lissabon geboren und verbrachte seine Jugend in Durban, Südafrika, wo sein Stiefvater Konsul war. Er studierte in Kapstadt und kehrte mit 17 Jahren nach Lissabon zurück, wo er bis zu seinem Tod äußerst karg als Handelskorrespondent existierte.

Pessoa war ein Gratwanderer zwischen der Irrealität des täglichen Lebens und der Realität seiner Fiktionen. Paradoxerweise wurde gerade er, der zeitlebens nur vier schmale Bände veröffentlichte – darunter drei in Englisch –, zum wichtigsten Motor der literarischen Entwicklung Portugals. Als hätte er seinen Namen, der Person und Maske zugleich bedeutet, wörtlich genommen, erfand er ein Netz sich widersprechender Autoren, die er je mit eigenen Biographien und Horoskopen ausstattete: Álvaro de Campos, der das futuristische Manifest Portugals verfaßte und dessen Gedichte denen Marinettis in nichts nachstehen, der klassizistische Odendichter Ricardo Reis, der Schüler des ebenfalls erfundenen neuheidnischen Dichters Alberto Caeiro – seine Heteronyme, die Pessoa zum Spiegel der literarischen Entwicklungen des Jahrhunderts machte.

Unter der Fülle der so entstehenden Werke war an geordnetes Publizieren nicht zu denken: Pessoa schrieb vor allem für seine »Truhe«, in der man nach seinem Tod den 27.543 Manuskripte umfassenden literarischen Nachlaß entdeckte: Lyrik, Erzählfragmente, dramatische Skizzen, politische, soziologische und essayistische Schriften. Fernando Pessoa verstarb am 30. November 1935 im Alter von 47 Jahren in Lissabon.

1962 veröffentlichte der S. Fischer Verlag mit dem Gedichtband ›Schräger Regen‹ die erste deutsche Gedichtauswahl Pessoas, herausgegeben von Georg Rudolf Lind, dessen große, im Ammann Verlag erscheinende Edition ins Fischer Taschenbuch aufgenommen wurde.

»Wir alle, die wir träumen und denken, sind Buchhalter und Hilfsbuchhalter in einem Stoffgeschäft oder in einem Geschäft mit einem anderen Stoff in irgendeiner anderen Altstadt. Wir führen Buch und erleiden Verluste; wir summieren und gehen dahin; wir schließen Bilanz und der unsichtbare Saldo spricht immer gegen uns.«

Fernando Pessoa

Das Buch der Unruhe

Pessoa wurde stets als Lyriker wahrgenommen – eine Sicht, die sich mit dem Erscheinen des ›Buches der Unruhe‹ schlagartig wandelte. Die Aufzeichnungen des Hilfsbuchhalters Bernardo Soares, dem Pessoa das ›Buch der Unruhe‹ zuschrieb, waren kaum aus der »Truhe« gehoben, da wurden sie zur literarischen Sensation. Denn in keinem anderen seiner Werke spiegelt sich der Alltag des durch die Altstadt Lissabons hastenden Dichters mit seiner verwickelten Verlobung, den ewig fehlschlagenden Geschäftsideen und den im Pult versteckten Manuskripten so konkret wie hier. Und an keinem Werk arbeitete Pessoa so lange. Es begleitete ihn all die Jahre, als er ein Heteronym nach dem andern auf seinen Weg schickte: ›Das Buch der Unruhe‹ ist sein zu Lebzeiten unsichtbar gebliebenes Hauptwerk.

»Das ganze Leben der menschlichen Seele ist eine Bewegung im Halbschatten. Wir leben in der Dämmerung.« Aus Fragmenten, Skizzen und Aphorismen komponiert, folgt das Buch poetischen Assoziationsketten, die diesen Halbschatten durchmessen. Aus den Meditationen des Hilfsbuchhalters wird so eine erbarmungslose Selbst- und Zeitdiagnose: »Wir verwirklichen uns nie. Wir sind zwei Abgründe – ein Brunnen, der den Himmel anstarrt.«

KLAUS MANN

»Er liebte die ganze Erde
und floh vor sich selbst. Er zerrte
am dünnen, flatternden Vorhang,
der den Tag vom Nichts trennt,
und suchte überall den Traum
und den Rausch und die Poesie,
die drei brüderlichen Illusionen
der allzu früh Ernüchterten.«

Hermann Kesten

Klaus Mann wurde am 18. November 1906 in München als ältester Sohn von Thomas und Katia Mann geboren. 1924 ging er als Theaterkritiker nach Berlin. Mit seiner Schwester Erika, Pamela Wedekind und Gustaf Gründgens gründete er ein Theaterensemble. 1927/28 unternahm er zusammen mit Erika (»The Literary Mann-Twins«) eine Weltreise, die von improvisierten Vorträgen und Auftritten finanziert wurde.

1932 veröffentlichte Klaus Mann mit ›Kind dieser Zeit‹ die Autobiographie seiner bewegten Jugend. 1933 emigrierte er nach Amsterdam, wo er die literarisch-politische Monatszeitschrift *Die Sammlung* herausgab und sich für die Volksfront-Politik der Gegner Hitlers engagierte. 1936 veröffentlichte er den »Roman einer Karriere« ›Mephisto‹; zwei Jahre später flüchtete er aus Europa in die USA. 1939 erschien ›Der Vulkan‹ als »Roman unter Emigranten«. Zwischen 1941 und 1942 gab er in New York die Avantgarde-Zeitschrift *Decision* heraus. Als Soldat der US-Army nahm er am alliierten Feldzug in Nordafrika und Italien teil und besuchte im Mai 1945 als Korrespondent der Armee-Zeitung *Stars and Stripes* Österreich und Deutschland. Er kehrte jedoch nie zurück. Nach seiner Entlassung aus dem Militärdienst wechselte er häufig den Aufenthaltsort. Am 21. Mai 1949 starb Klaus Mann in Cannes an den Folgen einer Überdosis Schlaftabletten.

»Wir sind an einem Punkte angelangt, wo nur die dramatischste, äußerste Geste noch irgend Aussicht hat, bemerkt zu werden ... Hunderte, ja Tausende von Intellektuellen sollten tun, was Virginia Woolf, Ernst Toller, Stefan Zweig, Jan Masaryk getan haben. Eine Selbstmordwelle, der die hervorragendsten, gefeiertsten Geister zum Opfer fielen, würde die Völker aufschrecken aus ihrer Lethargie«, hatte er kurz vor seinem Tod geschrieben.

1929 legte S. Fischer Erzählungen Klaus Manns sowie den gemeinsam mit Erika verfaßten Reisebericht ›Rundherum‹ über ihre Weltreise vor. Später folgten die wichtigen Romane ›Der Wendepunkt‹ und ›Der Vulkan‹.

Mephisto. Roman einer Karriere

1936 veröffentlichte Klaus Mann ›Mephisto‹: der ›Roman einer Karriere‹. Im Mittelpunkt steht die Laufbahn des Schauspielers Höfgen, der sich »einem durchaus komödiantischen, zutiefst unwahren, unwirklichen Regime« andient. Hinter dieser engagierten erzählerischen Analyse des »Dritten Reiches«, einer der ersten überhaupt, las man Hinweise auf die Laufbahn des einstigen Freundes Gustaf Gründgens, dessen ›Faust‹-Inszenierung – Ironie der Geschichte – zu einem der bildungsbürgerlichen Dauerbrenner des Adenauer-Deutschlands wurde. Der 1968 in der Bundesrepublik verbotene Roman gehört heute längst zum festen Bestand der Literaturgeschichte, und die Verfilmung mit Klaus-Maria Brandauer in der Hauptrolle bescherte ihm ungeahnte Popularität.

»Ich bin genötigt, feierlich zu erklären: Mir lag nicht daran, die Geschichte eines bestimmten Menschen zu erzählen, als ich ›Mephisto, Roman einer Karriere‹ schrieb. Mir lag daran, einen Typus darzustellen und mit ihm die verschiedenen Milieus (mein Roman spielt keineswegs nur im ›braunen‹), die soziologischen und geistigen Voraussetzungen, die einen solchen Aufstieg erst möglich machten … Mein Mephisto ist nicht dieser oder jener. In ihm fließen vielerlei ›Züge‹ zusammen. Hier handelt es sich um kein ›Porträt‹, sondern um einen symbolischen Typus.« (Klaus Mann)

ERNEST HEMINGWAY

»Für den echten Schriftsteller
muß jedes Buch ein neuer
Anfang sein, mit dem er wiederum
etwas zu erreichen sucht,
das unerreichbar ist.«

Klaus Mann

Ernest Hemingway wurde am 21. Juli 1899 in Oak Park, Illinois, geboren. Er trennte sich früh von seiner Familie, um als Journalist zu arbeiten. Gegen Ende des Ersten Weltkriegs ging er als freiwilliger Sanitäter mit einer Kolonne des Roten Kreuzes an die italienische Front. 1923 kehrte er nach journalistischer Arbeit in den USA nach Europa zurück und erhielt in Paris im Kreis von Gertrude Stein und Ezra Pound entscheidende literarische Anregungen. Die Gruppe der in Paris lebenden amerikanischen Schriftsteller sah sich als »verlorene Generation«, der Hemingway mit dem Roman ›Fiesta‹ (1926) ein Denkmal schuf. Nach einem ausgedehnten Aufenthalt in Spanien und dem Studium des Stierkampfes lebte er ab 1927 wieder in den USA. Der Roman ›In einem anderen Land‹ (1929) wurde von seinem Erleben des Ersten Weltkriegs geprägt, seine Erfahrungen als Reporter im Spanischen Bürgerkrieg flossen in ›Wem die Stunde schlägt‹ (1940) ein. 1952 wurde die Veröffentlichung der Erzählung ›Der alte Mann und das Meer‹ zu einem beispiellosen internationalen Triumph. 1954 erhielt Hemingway den Nobelpreis für Literatur. Am 2. Juli 1961 starb er in Idaho durch eigene Hand.

Durch das Naziregime zur Flucht aus Deutschland gezwungen, gründete Bermann Fischer im Jahre 1938 unter Beteiligung des schwedischen Verlegers Bonnier seinen Verlag in Stockholm neu. Unter dem Vorwurf politischer Betätigung gegen Nazideutschland kam es 1940 zur Verhaftung Bermann Fischers, der der deutschen Besetzung Schwedens zum Trotz in Stockholm weitergearbeitet hatte. Nach mehr als zwei Monaten aus der Haft entlassen und des Landes verwiesen, reiste er nach Los Angeles aus; der Verlag in Stockholm blieb dennoch bestehen. 1941 kam es hier zur deutschsprachigen Erstveröffentlichung von Hemingways ›Wem die Stunde schlägt‹.

Wem die Stunde schlägt

›Wem die Stunde schlägt‹, der packendste und berühmteste Roman Ernest Hemingways, schildert drei Tage im Leben des Amerikaners Robert Jordan. Aus Liebe zur Freiheit und zu Spanien kämpft er als Freiwilliger im Spanischen Bürgerkrieg auf seiten der Republikaner. Seine Aufgabe lautet, die Partisanen in den Bergen nördlich von Madrid hinter den faschistischen Linien zu beraten und eine strategisch wichtige Brücke zu sprengen. Inmitten der spannungsreichen Ereignisse, die von allen das Äußerste an Entschlossenheit und Opferbereitschaft fordern, begegnet Jordan bei der Guerillagruppe Maria, einem jungen Mädchen, dessen Eltern im Bürgerkrieg ermordet worden sind. Die Liebe zu Robert Jordan läßt sie die Schrecken der Vergangenheit kurz vergessen, und er lernt, seine Einsamkeit zu überwinden. Bei dem Gefecht um die Brücke wird er verletzt und bleibt zurück, um den Rückzug der anderen zu decken.

Die Gestalten von ›Wem die Stunde schlägt‹ sind unvergeßlich. Neben Robert Jordan und Maria ragen vor allem der alte Anselmo, der verschlagene Pablo und seine Gefährtin Pilar heraus. Deren Schilderung der grausamen Geschehnisse in ihrem Heimatdorf gehören zu den beeindruckendsten Passagen Hemingways, wie die Liebesgeschichte zwischen Maria und Robert zu seinen zärtlichsten.

Das Motto des Romans – »Kein Mensch ist eine Insel« – apostrophierte Hemingways Abwendung von der existentiellen Einsamkeit und Kühle seiner vorherigen Romane und markierte einen Wendepunkt in seinem Werk. Illusionslos buchstabierte er das moralische Dilemma seiner Zeit in einer Romanhandlung klassischen Zuschnitts, die kein Erbarmen kennt: Robert Jordan weiß, was seine Stunde geschlagen hat, und stellt sich ihr.

FRANZ WERFEL

»Man verfolgt
mit wilder Spannung Ihren Weg.«

Franz Kafka

Franz Werfel wurde am 10. September 1890 in Prag geboren. Bereits als Schüler schrieb er Gedichte und entwarf Dramen; der Zwanzigjährige wurde bei seinen Lesungen in Prager Literaturcafés als lyrisches Wunderkind bestaunt. Sein Freund Max Brod vermittelte die erste Buchpublikation, später veröffentlichte Karl Kraus in seiner Zeitschrift *Die Fackel* Gedichte Werfels.

1914 wird Werfel zum Militärdienst eingezogen, aber 1915 als kriegsuntauglich entlassen. 1917 siedelte er nach Wien über und begegnete Alma Mahler-Gropius, die er zwölf Jahre später heiratete. Zu dieser Zeit waren bereits mehrere Gedichtbände Werfels erschienen, und er hatte kritische, pazifistische Aufsätze veröffentlicht. Seine erste große Erzählung ›Nicht der Mörder, der Ermordete ist schuldig‹ erschien 1919, es folgten die berühmten Novellen ›Der Tod des Kleinbürgers‹ und ›Kleine Verhältnisse‹, sowie die Romane ›Der Abituriententag‹ und ›Die vierzig Tage des Musa Dagh‹, der vom Widerstand und Freiheitskampf der Armenier berichtet. Im gleichen Jahr wurden seine Bücher in Deutschland verbrannt. 1938, als Hitlers Truppen in Österreich einmarschierten, hielt sich Werfel auf Capri auf – seine Emigration begann. 1940 wurde Werfel in Paris an die Spitze der Auslieferungsliste der Deutschen gesetzt. Mit seiner Frau und einigen Freunden, darunter Golo Mann, flüchtete er zu Fuß über die Pyrenäen nach Spanien und mit dem Schiff weiter nach New York. ›Das Lied von Bernadette‹ schrieb er als Dank für seine Errettung. Die letzten Jahre verlebte Werfel in Los Angeles, Kalifornien, wo er am 26. August 1945 einem Herzleiden erlag.

›Das Lied von Bernadette‹ erschien erstmals 1941 im Bermann-Fischer Verlag, Stockholm.

»In ihm waren hundert
Möglichkeiten des Künstlertums.«
Thomas Mann

Das Lied von Bernadette

»›Das Lied von Bernadette‹ ist ein spannender Roman und ein Heldengesang zugleich. Es beschreibt, in einer dicht gefügten Erzählung, die Geschichte des Mirakels von Lourdes, eine der seltsamsten Begebenheiten der zweiten Hälfte des neunzehnten Jahrhunderts, nicht von einem dogmatischen Standpunkt, weder von dem der Wundergläubigkeit noch aus dem der freidenkerischen Aufklärung«, so Franz Werfel 1941 über sein Buch in einem Brief an Gottfried Bermann Fischer.

Keine andere Heiligenlegende im 20. Jahrhundert hat so viel Resonanz gefunden wie Werfels Roman über Bernadette Soubirous, dem Mädchen, dem, wie es bei Werfel heißt, die »Dame« erschien. Werfel zeichnet das Wunder nach, aber mit gleicher Intensität auch den weltlichen wie kirchlichen Zweifel an seiner Erscheinung.

»Ich habe es gewagt, das Lied von Bernadette zu singen, obwohl ich kein Katholik bin, sondern Jude ... Schon in den Tagen, da ich meine ersten Verse schrieb, hatte ich mir zugeschworen, immer und überall durch meine Schriften zu verherrlichen das göttliche Geheimnis und die menschliche Heiligkeit – des Zeitalters ungeachtet, das sich mit Spott, Ingrimm und Gleichgültigkeit abkehrt von diesen letzten Werten unseres Lebens.«

HERMANN HESSE

»Mit einer Sicherheit,
die ohnegleichen ist,
rührt er an das Wesentliche.«
Alfred Döblin

Hermann Hesse wurde am 2. Juli 1877 in Calw/Württemberg geboren. Den größten Teil seiner Kindheit verlebte er in Basel, dann besuchte er – zur Theologenlaufbahn bestimmt – die Lateinschule in Göppingen und das evangelische Seminar in Maulbronn, dem er frühzeitig entlief. Nach mehreren fehlgeschlagenen Berufsversuchen wurde Hesse Buchhändler in Tübingen und Basel. 1905 begründete er mit Ludwig Thoma die antiwilhelminische Zeitschrift *März*.

Nach der Veröffentlichung seiner ersten Romanerfolge ›Peter Camenzind‹ (1904) und ›Unterm Rad‹ (1906) lebte Hesse bis 1912 in Gaienhofen am Bodensee und zog dann nach Bern. 1919 ließ er sich im Tessin in Montagnola nieder, wo er bis zu seinem Tode lebte. Nachdem Hesse 1916 während eines Kuraufenthaltes zur Psychoanalyse gefunden hatte, verfaßte er unter dem Pseudonym Emil Sinclair den vielbeachteten Roman ›Demian‹ (1919). Es folgten die berühmten Romane ›Siddhartha‹ (1922), ›Der Steppenwolf‹ (1927) sowie ›Narziß und Goldmund‹ (1930), ehe er mit dem ›Glasperlenspiel‹ 1943 eine Summe seines Schaffens zog. 1946 wurde er mit dem Nobelpreis für Literatur ausgezeichnet. Hermann Hesse starb am 9. August 1962 in Montagnola.

Mit seinem ersten Roman ›Peter Camenzind‹ debütierte der durch Samuel Fischer entdeckte Hermann Hesse 1904 in dessen Verlag. Bereits 1925 begann der S. Fischer Verlag mit der Edition seiner Gesammelten Werke in Einzelausgaben, die 1937 abgeschlossen wurde.

»›Das Glasperlenspiel‹ gehört zu dem wenigen Wagemutigen und eigensinnig groß Konzipierten, was unsere verprügelte, verhagelte Zeit zu bieten hat.«
Thomas Mann

Das Glasperlenspiel

In seinem Alterswerk zog Hermann Hesse die Summe seines Werkes und Denkens. Aus einer vielschichtigen Kritik des »Feuilletonistischen Zeitalters« und während der faschistischen Bedrohung entwickelte er das provokant unpolitisch anmutende Symbol eines »Glasperlenspiels«: Fern von den eigensüchtigen Interessen und mutwilligen Mißverständnissen seiner Zeit soll dieses Spiel als utopische Synthese alle Künste und Wissenschaften in sich schließen.

Die immer größere Verfinsterung seiner Epoche zwang Hermann Hesse, seinen Gegenentwurf, an dem er von 1931 bis 1943 arbeitete, in immer neuen Anläufen präziser zu konturieren und seinen zeitkritischen Gehalt in ein utopisches Gleichnis zu übersetzen. Schließlich wollte er, daß der Roman auch in Deutschland erscheinen und seine subversive Wirkung entfalten könnte. In drei großen Abschnitten legte Hesse Natur und Zweck des Glasperlenspiels dar: der Einführung des Herausgebers über die Natur des Spiels, dem Hauptteil mit der Lebensgeschichte des Josef Knecht, des größten Spielmeisters, und in dessen nachgelassenen »Lebensläufen«, die von den Wiedergeburten Knechts in der Vergangenheit berichten. Es sind biographische Spiegelungen eines Romans, der sich als Sinnbild tarnt, um seine Zeit zu entlarven.

ALBERT CAMUS

»Camus irrt sich nicht.«
Gabriel García Márquez

Albert Camus, am 7. November 1913 in ärmlichen Verhältnissen als Sohn einer Spanierin und eines Elsässers in Mondovi, Algerien, geboren, studierte von 1933 bis 1936 an der Universität Algier Philosophie. 1934 trat er der Kommunistischen Partei Algeriens bei und gründete im Jahr darauf das »Theater der Arbeit«. 1937 brach er mit der KP, begann journalistisch zu arbeiten und übersiedelte 1940 nach Paris. 1942 erschienen mit seinem Roman ›Der Fremde‹ und dem Essay ›Der Mythos von Sisyphos‹ die Bücher, die Camus' literarisches Ansehen begründeten. In den Folgejahren arbeitete er als Redakteur für die Widerstandszeitung *Combat* und übernahm schließlich deren Leitung. Ende 1943 begann er als Lektor bei Gallimard und lernte Jean-Paul Sartre kennen. Mit dem 1947 erschienenen Roman ›Die Pest‹ gelang ihm der endgültige Durchbruch, er kündigte bei *Combat*. Anfang der fünfziger Jahre, nach Erscheinen seines großen Essays ›Der Mensch in der Revolte‹, überwarf er sich mit Sartre. 1957 wurde Albert Camus der Nobelpreis für Literatur zuerkannt. Am 4. Januar 1960 starb er bei einem Autounfall.

Postum erschienen 1971 ›Der glückliche Tod‹ und 1994 der Roman ›Der erste Mensch‹, an dem er bis zu seinem Tod schrieb. Sich erinnernd kehrte er in seine Kindheit zurück, deren Sinnlichkeit das Buch zu einem seiner bewegendsten und größten Texte macht.

»Was mich getragen hat, ist in erster Linie
die große Vorstellung, die sehr große Vorstellung,
die ich mir von der Kunst mache.
Nicht, weil sie für mich über allem stünde,
sondern weil sie sich von niemandem absondert.«
Albert Camus

Die Pest

»Es ist ebenso vernünftig, eine Art Gefangenschaft durch eine andere darzustellen wie irgend etwas wirklich Vorhandenes durch etwas, das es nicht gibt.« Dieses Defoe-Zitat stellte Camus seinem berühmten allegorischen Roman aus dem Jahre 1947 voran, der von einer Heimsuchung berichtet, die die Menschen vor eine Entscheidung stellt. In der algerischen Stadt Oran ist eine Seuche ausgebrochen, die man eigentlich für ausgerottet hielt. Die gesamte Stadt wird unter Quarantäne gestellt. Während die Mehrheit der Menschen sich mit passiver Verzweiflung dem eisernen Griff der Epidemie fügt, gibt es andere, die das apokalyptische Übel zur Selbstbesinnung zwingt, zur »Revolte«. Gegen die Absurdität der Welt, so der Existentialist Camus, kann allein die moralische Kraft des einzelnen Sinn setzen.

»Camus hat begriffen, daß nicht die alten, mit Leichen vollgestopften Straßenbahnen, die nach Einbruch der Dunkelheit durch die Stadt fuhren, das Drama waren, sondern die Lebenden, die von ihren Balkonen aus Blumen auf sie hinunterwarfen, weil sie wußten, daß vielleicht schon am nächsten Tag für sie ein Platz in der Straßenbahn reserviert war ... Camus hatte die Pest nicht erlebt. Aber er dürfte Blut geschwitzt haben in jenen schrecklichen Nächten der Okkupation, in denen er in seinem Versteck in Paris geheime Leitartikel verfaßte, während draußen die Schüsse der Nazis auf der Jagd nach Widerstandskämpfern zu hören waren.«

Gabriel García Márquez

ILSE AICHINGER

*»Niemand kann von mir verlangen,
daß ich Zusammenhänge herstelle,
solange sie vermeidbar sind.«*

Ilse Aichinger

Ilse Aichinger wurde am 1. November 1921 mit ihrer Zwillingsschwester Helga in Wien geboren. Nach dem Einmarsch Hitlers in Österreich im März 1938 verlor die jüdische Mutter sofort Praxis, Wohnung und ihre Stellung als städtische Ärztin. Die Schwester konnte im August 1939 nach England emigrieren, der Kriegsausbruch verhinderte die geplante Ausreise der restlichen Familie: Die Großmutter und die jüngeren Geschwister der Mutter wurden 1942 deportiert und ermordet. Ilse Aichinger war während des Krieges in Wien dienstverpflichtet; nach Kriegsende begann sie ein Studium der Medizin, das sie 1947 abbrach, um den Roman ›Die größere Hoffnung‹ zu vollenden. Dieses Werk sowie die 1948 erschienene ›Spiegelgeschichte‹, für die sie 1952 den Preis der Gruppe 47 erhielt, machten sie berühmt. Von 1950 an arbeitete Ilse Aichinger im Lektorat des S. Fischer Verlages in Wien und Frankfurt am Main, anschließend an der von Inge Scholl geleiteten Ulmer Volkshochschule, wo sie an der Vorbereitung und Gründung der Hochschule für Gestaltung mitwirkte. 1953 heiratete sie Günter Eich. Ihre Romane, Erzählungen (z. B. ›Eliza Eliza‹, 1965; ›schlechte Wörter‹, 1976; ›Meine Sprache und ich‹, 1978), Hörspiele, Szenen und Dialoge (z. B. ›Auckland‹, 1969; ›zu keiner Stunde‹, 1980) sowie Gedichte (z. B. ›verschenkter Rat‹, 1978) erschienen sämtlich im S. Fischer Verlag. Seit 1988 lebt sie in Wien.

›Die größere Hoffnung‹ wurde erstmals 1948 im Bermann-Fischer Verlag zu Wien veröffentlicht. Zur ersten Taschenbuchausgabe im Jahr 1960 hat Ilse Aichinger ihren Roman neu bearbeitet, diesem Text folgt die Edition in der SAMMLUNG FISCHER. Eine achtbändige Werkausgabe liegt im Fischer Taschenbuch Verlag vor.

»Mit Ilse Aichingers Prosa im Kopf fällt das Mitmachen schwerer, fängt das Fragen wieder an, hört der Zweifel so schnell nicht mehr auf.«
Jürgen Becker

Die größere Hoffnung

›Die größere Hoffnung‹ ist eines der wichtigsten Debüts der deutschsprachigen Literatur nach dem Krieg. Unnachgiebig genau ist der Roman in einem Atem verfaßt, der das gesamte spätere Werk Ilse Aichingers prägt.

Der 1948 erschienene Roman über rassisch verfolgte Kinder während der Hitlerzeit irritiert heute noch immer: In verfremdenden Bildern erzählt er von der Angst, von der Bedrohung und der widerständigen Hoffnung der »Kinder mit den falschen Großeltern«. Diese Kinder, die nach den ›Nürnberger Gesetzen‹ als jüdisch oder – wie die Hauptfigur Ellen – als halbjüdisch gelten, leiden unter Isolation, Demütigung und Verhöhnung. Aber immer wieder wird von unnachgiebigem Widerstand erzählt, »als könne es ruhig den Kopf kosten, wenn es nur nicht das Herz kostete«. Aus solchem Widerstand heraus leben die verfolgten Kinder: Nachdem ihre Hoffnung auf Auswanderung zunichte geworden ist, erwächst ihnen eine ganz andere, die »größere Hoffnung«. Dazu gehört die Gewißheit, »daß irgendwann der Abschied endet und das Wiedersehen beginnt«, und dazu gehört auch, daß Liebe und Leiden eins werden: »Peitscht uns, tötet uns, trampelt uns nieder, einholen könnt ihr uns erst dort, wo ihr lieben oder geliebt werden wollt.« Diese Hoffnung haben die Opfer ihren Mördern voraus. »Ein Werk großer lyrischer Prosa, die einzige von Rang, die unsere Literatur der jüngsten Vergangenheit gegeben hat«, schrieb Walter Jens über ›Die größere Hoffnung‹.

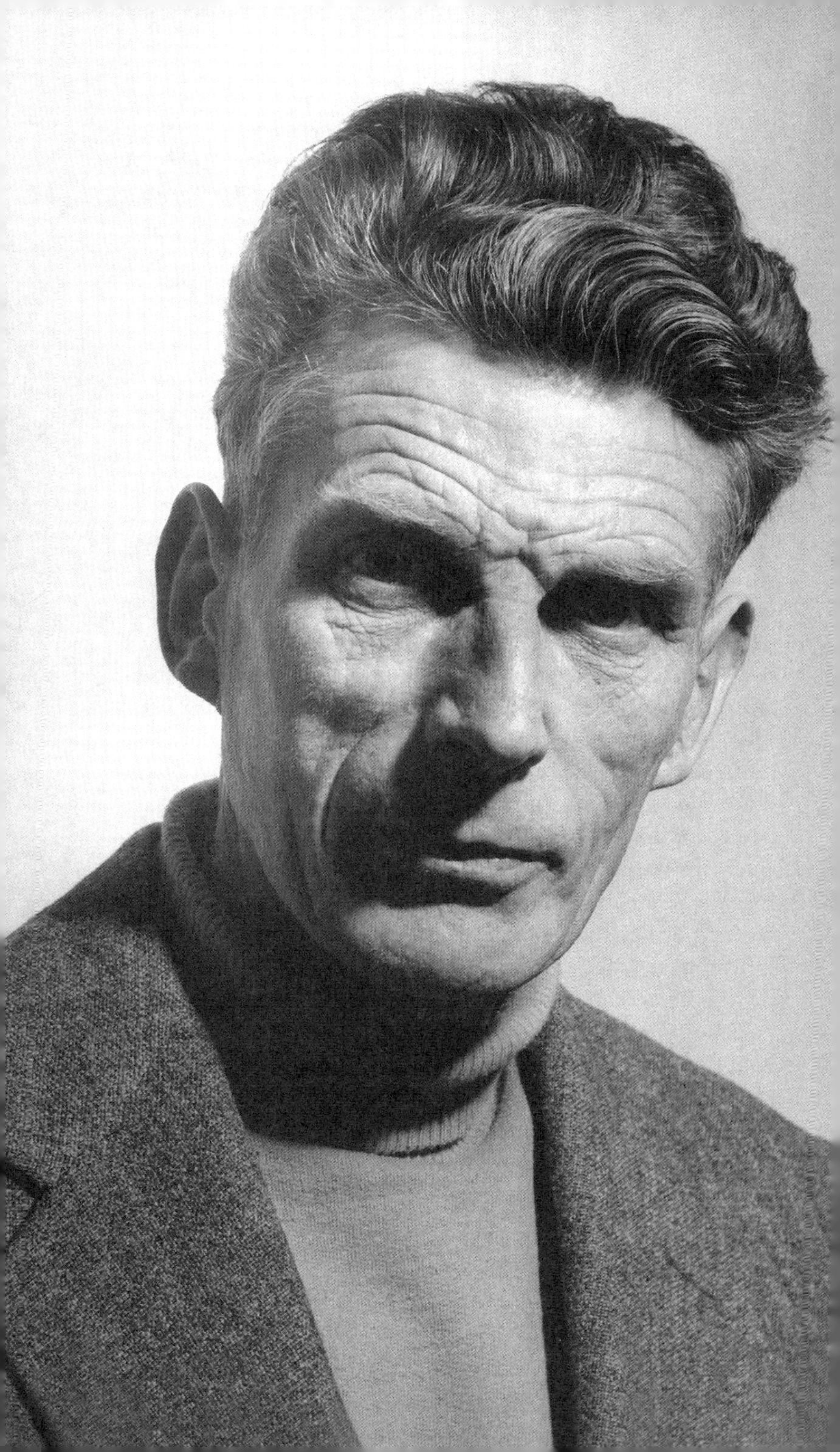

SAMUEL BECKETT

»Beckett verärgert die Leute stets
durch seine Ehrlichkeit. Er fabriziert
Objekte. Er führt sie uns vor.
Was er vorführt, ist furchtbar.
Weil es furchtbar ist, ist es auch komisch.
Er zeigt, es gibt keinen Ausweg,
und das ist irritierend, weil es tatsächlich
keinen Ausweg gibt.«

Peter Brook

Samuel Beckett wurde (angeblich am Karfreitag, dem 13. April) 1904 in Dublin geboren und studierte von 1923 bis 1927 am Dubliner Trinity College Französisch und Italienisch. 1928 bis 1930 war er Lektor an der École Normale Supérieure in Paris und gehörte zum Kreis um James Joyce. Im Jahre 1930 veröffentlichte Beckett mit ›Whoroscope, Poem on Time‹ ein längeres Gedicht, seine frühen Prosawerke ›Dream Of Fair To Middling Women‹ und ›More Pricks Than Kicks‹ erschienen erst postum. Von 1933 bis 1936 wohnte er in London, besuchte Deutschland und lebte von 1937 an fast ausschließlich in Paris.

1941 war Beckett in der Résistance, floh im Jahr darauf ins Departement Vaucluse, wo er bis 1945 als Landarbeiter lebte. 1951 erschien der Roman ›Molloy‹, im gleichen Jahr folgte ›Malone stirbt‹, 1953 schließlich die Romane ›Watt‹ und ›Der Namenlose‹. Das Theaterstück ›Warten auf Godot‹, das 1953 in der Inszenierung von Roger Blin uraufgeführt wurde, machte seinen Namen zum Begriff. Es folgten die Stücke ›Endspiel‹ (1956), ›Alle, die da fallen‹ (1957), ›Das letzte Band‹ (1958) und ›Glückliche Tage‹ (1961). 1969 erhielt er den Nobelpreis für Literatur. Samuel Beckett starb am 22. Dezember 1989 in Paris.

Molloy

Unerbittlich führt Beckett in seinen Werken den Menschen an den Nullpunkt seiner Existenz. Er reduziert ihn auf eine Frage, die aber keinen Adressaten mehr findet: Die Metaphysik ist als Welt des schlechten Trostes entlarvt, die Philosophie mit ihren humanistischen Maximen ein Kalauer, der sich angesichts der Verwüstungen des Jahrhunderts im Kreise dreht. Sein Welttheater ist zugleich stammelnder Schrei und todtrauriger Slapstick.

In seinem 1951 erschienenen ersten Roman ›Molloy‹ zeichnet Beckett den Umriß der Welt, die zwei Jahre später mit ›Warten auf Godot‹ ihr dramatisches Kondensat finden sollte – und unser Bild der Nachkriegswelt tief prägte: Molloy leidet unter einer mysteriösen Krankheit, die ihn langsam zersetzt. Dieses Leiden hält er in wöchentlichen Aufzeichungen fest, in denen er zugleich von der Suche nach seiner Mutter berichtet. Die Notizen übergibt er einem Unbekannten. Im zweiten Teil des Romans fällt Jacques Moran, der auf die Spur des verschwundenen Molloy gesetzt wird, in dessen Geschichte wie in ein Spiegelbild. Unmerklich stülpt sich ihm die ungewisse Identität Molloys über, und auch er sucht nach dem richtigen Wort, dem einen Anfang, um endlich ein für allemal schweigen zu können.

»Kann man ›Roman‹ nennen, was wir machen?
Es ist etwas anderes. Wir schreiben keine Romane mehr.
Ich spreche nicht gern davon, aber es ist eine
imaginative Arbeit, eine Arbeit der reinen
Einbildungskraft ... ein Versuch,
dem Durcheinander zu entkommen.«
Samuel Beckett

BORIS PASTERNAK

»Man muß über diese Welt
so schreiben, daß das Herz erstarrt
und die Haare zu Berge stehen.«

Boris Pasternak

Boris Leonidowitsch Pasternak wurde am 10. Februar 1890 als erstes Kind des impressionistischen Malers Leonid Pasternak und der Pianistin Rosa Kaufmann in Moskau geboren. Er studierte Musik, Jura und Philosophie in Moskau und Marburg. Seine schriftstellerische Laufbahn begann er 1912 als Lyriker unter symbolistischem und futuristischem Einfluß. In den zwanziger Jahren galt er neben Majakowskij als bedeutendster moderner Lyriker Rußlands. 1934 erschien eine erste Gesamtausgabe seiner Gedichte.

Unter dem politischen Terror Stalins – »als alle Poesie dahin war« – begann 1936 Pasternaks »siebenjähriges Schweigen«, während dem er ausschließlich Übersetzungen publizierte, unter anderem von Shakespeares Dramen, Goethes ›Faust‹ sowie Gedichten Verlaines und Rilkes. 1946 wurde Pasternak erneut heftig angegriffen, und erst 1954 konnten nach dem Tod Stalins ›Die zehn Gedichte des Jurij Shiwago‹ erscheinen. An seinem Roman ›Doktor Shiwago‹, dessen letzter Teil diese Gedichte bilden, arbeitete Pasternak seit 1946, als er endlich 1958 in Italien erschien, wurde Pasternak der Nobelpreis für Literatur zuerkannt. Da er wegen einer gegen ihn gerichteten Hetzkampagne mit Ausbürgerung rechnen mußte, lehnte er den Preis ab. »Man verlangt von mir ein Gesuch um Wiederaufnahme in den Schriftstellerverband, das unbedingt eine Verleugnung meines Romans enthalten muß. Das wird nie geschehen«, schreibt er 1959 in einem Brief. Erst 1988 konnte der weltweit erfolgreiche und in viele Sprachen übersetzte Roman in der Sowjetunion publiziert werden.

Als letztes seiner Werke vollendete Boris Pasternak den ›Versuch einer Autobiographie‹, ›Über mich selbst‹ und den Gedichtband ›Wenn es aufklart‹. Er starb am 30. Mai 1960 auf seiner Datscha in Peredelkino bei Moskau.

Die deutsche Erstausgabe von Pasternaks Roman ›Doktor Shiwago‹ erschien 1958 bei S. Fischer.

»Ich denke jeden Tag an Pasternak.«
Ernest Hemingway

Doktor Shiwago

Wie kein zweiter Roman ist ›Doktor Shiwago‹ von dem düsteren Gewicht des 20. Jahrhunderts geprägt, das Rußland in einen Irrgarten aus Terror und Krieg verwandelte. Pasternaks Held, der Dichter und Arzt Jurij Shiwago, sucht einen Weg durch dieses Labyrinth: Von 1903 an folgt Pasternak ihm durch die Februar- und Oktoberrevolution und beobachtet, wie Shiwago zwischen Moskau und Sibirien, dem Fernen Osten und dem Ural immer wieder Lara begegnet und sie gleich wieder verliert, seine Geliebte, die ihm zum Sinnbild des Versuches wird, sich selbst nicht zu verraten. In einer Zeit, in der so viele »den Kopf in die Schlinge schieben wie unter ein Kissen«, bedarf es der Kraft und der Unabhängigkeit, um nicht blind den Ideologen ins Messer zu laufen oder einer alles zerfressenden Schwermut zu verfallen. Diese innere Freiheit als Kern der Integrität zu verstehen, steht als Maxime im Zentrum des verschlungenen Epos über die Wirren, den Hunger und die Sehnsucht eines »Jahrhunderts der Wölfe« (Ossip Mandelstam).

»Die Kunst Pasternaks vermag es, den Leser zu entführen dorthin, wo in der Anteilnahme am menschlichen Schicksal die politischen Gegensätze überbrückt und gleichgültig gemacht werden. Das ist vielleicht das höchste Lob, das man einem literarischen Werk spenden kann. Ein Bestseller und doch hohe Literatur.«
Helmut Heißenbüttel

SIMONE DE BEAUVOIR

»Camus war ein Moment
im Gewissen der Menschheit,
aber Madame de Beauvoir
zog die Uhr auf.«
Nelson Algren

Simone de Beauvoir, eine der führenden Gestalten des französischen Existentialismus, wurde am 9. Januar 1908 in Paris geboren. Sie studierte an der Sorbonne Philosophie und bereiste schon in jungen Jahren Europa, Nordafrika und später Amerika. Von 1931–1941 unterrichtete sie an Gymnasien in Marseille, Rouen und Paris.

Ab 1943 lebte Simone de Beauvoir als freie Schriftstellerin in Paris. Das linksintellektuelle Milieu der Stadt um Sartre, dessen Lebensgefährtin sie war, schilderte sie in ihrem Roman ›Die Mandarins von Paris‹ (1954). Ihre Untersuchung ›Das andere Geschlecht‹ (1949) tritt für die Emanzipation der Frau ein und wurde zur Grundlage der zeitgenössischen Frauenbewegung, in der sich Simone de Beauvoir nach Begegnungen mit Alice Schwarzer von 1970 an stärker engagierte. 1958 veröffentlichte sie die ›Memoiren einer Tochter aus gutem Hause‹, dem ersten Teil ihrer Autobiographie, dem mit ›In den besten Jahren‹ (1960), ›Der Lauf der Dinge‹ (1963) und ›Alles in allem‹ (1972) drei weitere Bände folgen sollten. Mit ›Die Zeremonie des Abschieds‹ erschien 1981 eine Darstellung des alternden und sterbenden Sartre. Simone de Beauvoir starb am 14. April 1986 in Paris.

Memoiren einer Tochter aus gutem Hause

»Wenn ich die Grundlinie meines Lebens verfolge, so springt ihre ungebrochene Kontinuität in die Augen ... Vor allem zwei Dinge haben meinem Dasein seine Einheit verliehen: der Platz, den Sartre nie aufgehört hat, in ihm einzunehmen. Und die Treue, mit der ich immer an meinem ursprünglichen Projekt festgehalten habe: Erkennen und Schreiben«, schrieb Simone de Beauvoir. Von diesem Motto angetrieben, ließ sie ihren Epoche machenden Untersuchungen über die Rolle der Frau und des Geschlechts die eigene Geschichte folgen. In ›Memoiren einer Tochter aus gutem Haus‹ erzählt sie vom ehemals großbürgerlichen Pariser Boulevard Raspail, an dem ihr Elternhaus stand, und von ihrem Weg ins Café du Dôme, wo sie den Stammgast kennenlernte, der unentwegt an der Pfeife sog und hinter seiner dicken Brille nie aufhörte zu denken: Jean-Paul Sartre.

Mit dem Elan einer Schriftstellerin, die selbst neugierig entdecken will, wie sie wurde, was sie ist, breitet sie ihre Existenz vor der Leserin, dem Leser aus: »Ich wollte mich existent machen für die anderen, indem ich ihnen auf die unmittelbarste Weise mitteilte, wie ich mein eigenes Leben empfand: das ist mir in etwa geglückt. Nichts anderes wünschte ich mir.«

»Eine Frau,
die es wagte zu existieren.«
Alice Schwarzer

GOLO MANN

»Golo Mann bringt die Geschichte selbst zum Sprechen; und der Leser ... schließt das Buch mit dem Gefühl, er sei zum erstenmal dabeigewesen.«

Sebastian Haffner

Golo Mann wurde am 27. März 1909 in München als drittes Kind von Thomas und Katia Mann geboren. Nach den frühen Jahren im Elternhaus verbrachte er seine Jugend im Landerziehungsheim Schloß Salem. Dann studierte er Philosophie und Geschichte und promovierte in Heidelberg bei Karl Jaspers. 1933 emigrierte Golo Mann nach Frankreich; er wirkte als Hochschullehrer in St. Cloud und Rennes. 1937–1940 redigierte er in Zürich die von seinem Vater herausgegebene Zeitschrift *Mass und Wert.*

Als Kriegsfreiwilliger wurde er in Frankreich interniert. Im Spätherbst 1940 gelang ihm mit Heinrich Mann, dessen Frau und dem Ehepaar Werfel die abenteuerliche Flucht über die Pyrenäen. Ab 1942 lehrte er in den USA Geschichte am Olivet College und am Claremont Men's College. 1958 bis 1960 hatte er eine Gastprofessur in Münster inne, 1960 bis 1964 war er Professor für Politische Wissenschaften an der TH Stuttgart.

1971 veröffentlichte Golo Mann im S. Fischer Verlag sein aus lebenslanger Beschäftigung mit dem Gegenstand erwachsenes Hauptwerk ›Wallenstein‹. Neben seinen autobiographischen ›Erinnerungen und Gedanken. Eine Jugend in Deutschland‹ (1986) und ›Erinnerungen und Gedanken. Lehrjahre in Frankreich‹ (1999) erschienen außerdem vor allem politik- und geschichtswissenschaftliche Schriften wie ›Deutsche Geschichte im 19. und 20. Jahrhundert‹ (1958), ›Geschichte und Geschichten‹ (1961) und die Essaysammlung ›Zwölf Versuche‹ (1973). Er verstarb am 7. April 1994 in Leverkusen. Zuletzt erscheinen die Bücher ›Friedrich von Gentz‹ (1995) und ›Ludwig I.‹ (1999).

»Cato, der Ältere, gab jungen Schriftstellern den Rat: rem tene, verba sequentur, halte dich an die Sache, dann kommen die Worte, dann kommt die Sprache von selber. Daran glaube ich fest.«

Golo Mann

Wallenstein. Sein Leben erzählt von Golo Mann

In dieser großen deutschen Biographie haben sich der Geist der Wissenschaft und der Geist der Erzählung einzigartig verbündet. Golo Mann erzählt eine Geschichte aus dem Dreißigjährigen Krieg, in die zahllose denkwürdige Geschichten eingewoben sind, die Geschichte eines Lebens voller Glanz und Hinfälligkeit, voller Widerspruch und spät gelöster Rätsel; er erzählt auch die Geschichte einer an finster-eindrucksvollen Figuren reichen, einer wilden und heillosen Zeit. Wallenstein ist der Protagonist und das Opfer. Die Bühne, auf der er steht und agiert, ist Europa. Sein Handeln, Zögern und Scheitern, sein Charakter werden einfühlend erforscht und hinreißend dargestellt – der Gelehrte, der schon 1934 einen ersten Wallenstein-Essay veröffentlichte, geht dem Erzähler stets voraus, prüft Dokumente und Daten, erschließt unbekannte Quellen, zitiert und vergleicht, deckt Wirklichkeit und Wahrheit auf, durchmißt und veranschaulicht den Raum seiner Geschichte. Das Ergebnis ist ein historischer Roman: Wallensteins ebenso bündige wie bildhafte Sprache und viele andere Stimmen seiner Zeit klingen mit in der Prosa Golo Manns.

CHRISTOPH RANSMAYR

»Ransmayr … ist ein eigenwilliger, unerbittlicher und ziemlich unzeitgemäßer Schriftsteller, der vielleicht mehr mit Joseph Conrad oder Jack London gemein hat als mit der neuen gesamteuropäischen Fabuliererei.«

Times Literary Supplement

Christoph Ransmayr wurde am 20. März 1954 in Wels, Österreich, geboren, studierte in Wien und lebt zur Zeit in West Cork, Irland. Zunächst verfaßte Ransmayr literarische Reportagen und Essays für Zeitschriften wie *Transatlantik*, *Merian* und *GEO*, die in seinem Buch ›Der Weg nach Surabaya‹ (1997) gesammelt vorliegen.

Sein 1984 veröffentlichter Roman ›Die Schrecken des Eises und der Finsternis‹ entstand aus Bildtexten zu einem Dokumentationsband über die österreichisch-ungarische Nordpolexpedition in den Jahren 1872–1874. Auf der Verbindung von authentischem Material und Fiktivem basiert auch der Roman ›Die letzte Welt‹ (1988): Ransmayr hätte für Enzensbergers ANDERE BIBLIOTHEK die ›Metamorphosen‹ des Ovid neu erzählen sollen. Über dem antiken Grundmuster und seinen Figuren aber errichtete er ein neues Werk – einen im zeitlosen Raum zwischen Antike und Gegenwart angesiedelten Ovid-Roman, der Lob und Begeisterung der Kritik erntete und zu einem sensationellen Erfolg wurde.

Spätestens seit dem Erscheinen seiner Romane ›Die letzte Welt‹ (1988) und ›Morbus Kitahara‹ (1995) zählt Christoph Ransmayr zu den wichtigsten und international renommierten deutschsprachigen Schriftstellern der jüngeren Generation. Seine Bücher werden im In- und Ausland intensiv gelesen und diskutiert und wurden in mehr als zwanzig Sprachen übersetzt.

Sein Werk liegt gesammelt bei S. Fischer vor.

Die Schrecken des Eises und der Finsternis

Im Mittelpunkt von Christoph Ransmayrs Roman ›Die Schrecken des Eises und der Finsternis‹ steht das Schicksal einer österreichisch-ungarischen Nordpolexpedition. Nach einer mehr als einjährigen Drift im Packeis entdeckte sie im August 1873 einen unter Gletschern begrabenen arktischen Archipel und taufte ihn zu Ehren eines fernen Herrschers »Kaiser Franz Joseph Land« – einer der letzten blinden Flecke war damit von der Landkarte der Alten Welt getilgt. Das Drama dieser historischen Eismeerfahrt, die auf einem entbehrungsreichen Weg durch alle Schrecken des Eises und der Finsternis nach Europa zurückführte, wird kunstvoll verknüpft mit der fiktiven Geschichte eines jungen Italieners namens Josef Mazzini, der sich ein Jahrhundert später in Wiener Archiven für die Hinterlassenschaft der Geretteten begeistert, auf ihren Spuren schließlich in die Arktis aufbricht und mit einem Schlittenhundegespann in den Gletscherlandschaften Spitzbergens verschwindet.

Seine genaue Fakten- und Detailkenntnis verbindet Ransmayr mit einer phantasievollen Gestaltung: Zitate und Abbildungen lassen eine Dokumentation vermuten – aber zwischen den Erzähler und die historischen Vorgänge wird die Figur des Mazzini geschoben, der das Geschehen für sich konstruiert: »Ransmayr macht die Spurensuche zu einem intellektuellen Abenteuer, das die herkömmlichen Entdecker-Romane harmlos aussehen läßt.« (*Frankfurter Allgemeine Zeitung*)

SAMMLUNG FISCHER

DIE BIBLIOTHEK
DER KLASSISCHEN MODERNE

»Der Traum jedes jungen Literaten, ein Buch bei S. Fischer zu haben, und meiner auch.«
Thomas Mann

Mit der SAMMLUNG FISCHER legt der S. Fischer Verlag die Essenz einer Epoche vor – und damit auch seiner Verlagsgeschichte: literarische Tradition für ein neues Jahrhundert, eine Basisbibliothek moderner Klassiker. Versammelt sind Autoren und Werke, die unstrittig Bestand haben, »kanonisch« geworden sind, »Klassiker der Moderne«, die auch gegenwärtig noch zu lebendigen Auseinandersetzungen führen und immer weitere, aktuelle Lesarten provozieren. Ausgewählt wurden nicht nur Autoren aus dem Fundus des Hauses – so daß z.B. nach und nach die wichtigsten Bücher von Virginia Woolf, Joseph Conrad oder Thomas Mann, von Franz Kafka, Stefan Zweig oder Franz Werfel als »Gesammelte Werke« erscheinen werden –, sondern ebenso Autoren, die S. Fischer-Autoren waren: Alfred Döblin, Theodor Fontane, Fjodor Dostojewskij oder Hermann

Hesse. Dazu treten Autoren, die zum Umfeld des Verlages gehörten wie Rainer Maria Rilke oder Autoren wie James Joyce, Samuel Beckett, Albert Camus oder Simone de Beauvoir, die allgemein den Kanon der Moderne bestimmen.

»Nicht ohne Genugtuung sehen wir unseren Verlag die allgemeine literarische Entwicklung spiegeln; ein Blick auf unser chronologisches Verzeichnis mag lehren, zu wieviel Teilen die Geschichte unseres Verlages mit der Literatur identisch ist.« Samuel Fischers Feststellung in einem Verlagskatalog von 1906, nur 20 Jahre nach der Gründung des Verlages, darf bis hinein in die Gegenwart als Leitwort der gesamten Geschichte des S. Fischer Verlages gelten. Innerhalb zweier Jahrzehnte war der Verlag durch das geschickte und visionäre Handeln des jungen Verlegers zum Inbegriff der neuen literarischen Bewegungen geworden. Dostojewskij, Tolstoi, Zola und Ibsen wurden S. Fischer-Autoren; in der deutschsprachigen Literatur waren es etwa der überaus populäre Gerhart Hauptmann oder Theodor Fontane, dem prominentesten und zweifellos literarisch differenziertesten Vertreter des Realismus in deutscher Sprache. Wie der Verlagslektor Peter Suhrkamp noch 1944 schrieb, war S. Fischer der »Fontane-Verlag«; durch seine Ausgaben wurde Fontane aus einer »Berühmtheit für Eingeweihte« eine »Berühmtheit für alle«. Bereits Mitte der neunziger Jahre gerät eine literarische Strömung ins Blickfeld von Samuel Fischer, die sich selber als »modern« begreift: die »Wiener Moderne«. Schnell gewinnt er Arthur Schnitzler und Hugo von Hofmannsthal als Hausautoren, deren Werke noch zu ihren Lebzeiten in Ausgaben »Gesammelter Werke« vorliegen, für *lebende* Autoren eine verlegerische Neuerung. 1897 sendet ein 21jähriger Autor, der sich bereits ganz dezidiert zu den »Neuen« zählt, eine Novelle an die im Berliner S. Fischer Verlag erscheinende *Neue Deutsche Rundschau*, ›Der kleine Herr Friedemann‹.

Er heißt Thomas Mann, hat zwar schon kürzere Prosaarbeiten in Zeitschriften veröffentlichen können, ist aber noch unbekannt – fortan erscheint sein gesamtes Werk bei S. Fischer.

»Gewiß ist«, schreibt Thomas Mann, »daß S. Fischer für die deutsche literarische Bewegung ebenso repräsentativ ist, wie Cotta für die Klassik, und der Vergleich liegt desto näher, als der Sinn fürs Klassische oder fürs Klassisch werden, die Neigung, das Revolutionäre ins Klassische münden zu lassen, sehr ausgesprochen bei ihm war«. Samuel Fischer war sich dieser verlegerischen Rolle für die »neue Literatur« bewußt, sie war der Motor seines Handelns: »Als unser Verlag gegründet wurde, glaubte er, daß sein Anfang mit einer Epoche in der literarischen Entwicklung zusammenfalle«.

Heute, Ende des 20. Jahrhunderts, fassen wir diese Literaten, die zum Bestandteil des kulturellen, literarischen »Kanons« wurden, unter den Begriff »Klassiker der Moderne«. Diese Autoren haben für die heutige Literatur den Weg bereitet. Bis in die Gegenwart hinein schreibt sich die Epoche der Moderne fort, lassen sich, trotz aller Veränderungen und Brüche, ihre Charakteristika weiter verfolgen. Immer noch gilt die Feststellung, »zu wieviel Teilen die Geschichte unseres Verlages mit der Literatur identisch ist.«

SAMMLUNG FISCHER

DIE ERSTEN DREISSIG BÄNDE

Die Eröffnungsedition der SAMMLUNG FISCHER wird im Herbst 1999 mit zwölf Bänden erscheinen, danach werden pro Halbjahr sechs Bände folgen. Die Textgestalt folgt philologisch gesicherten Ausgaben und bietet, falls erforderlich, einen kurzen Kommentar. Alfred Döblins ›Berlin Alexanderplatz‹ liegt zum Beispiel der Text der bei S. Fischer erschienenen Erstausgabe zugrunde, aber in der kritisch revidierten Gestalt der Gesamtausgabe des Walter-Verlags von 1996; Dostojewskijs ›Der Idiot‹ erscheint in der Neuübersetzung von Swetlana Geier. Jedem Buch ist ein prägnantes Nachwort zu Leben und Werk des Autors beigestellt.

Die Eröffnungsedition

Simone de Beauvoir
Memoiren einer Tochte aus gutem Hause
Aus dem Französischen von Eva Rechel-Mertens
Nachwort von Alice Schwarzer

Joseph Conrad
Der Nigger von der ›Narzissus‹
Eine Seemannsgeschichte
Aus dem Englischen von Ernst Wagner
Nachwort von Fritz Göttler

Alfred Döblin
Berlin Alexanderplatz
Die Geschichte vom Franz Biberkopf
Nachwort von Dieter Forte

Fjodor Dostojewskij
Der Idiot
Roman
Aus dem Russischen von Swetlana Geier
Nachwort von Hans Jürgen Balmes

Theodor Fontane
Der Stechlin
Roman
Nachwort von Carolina Romahn

Ernest Hemingway
Wem die Stunde schlägt
Roman
Aus dem Amerikanischen von Paul Baudisch
Nachwort von Hans Jürgen Balmes

Hermann Hesse
Das Glasperlenspiel
Versuch einer Lebensbeschreibung des Magister Ludi Josef Knecht samt Knechts hinterlassenen Schriften
Nachwort von Volker Michels

Hugo von Hofmannsthal
Das Märchen der 672. Nacht
Das erzählerische Werk
Nachwort von Ellen Ritter

Franz Kafka
Der Proceß
Roman
Nachwort von Reiner Stach

Thomas Mann
Bekenntnisse des Hochstaplers Felix Krull. Der Memoiren erster Teil
Nachwort von Ralph-Rainer Wuthenow

Christoph Ransmayr
Die Schrecken des Eises und der Finsternis
Roman
Nachwort von Andreas Breitenstein

Virginia Woolf
Mrs Dalloway
Roman
Aus dem Englischen und mit einem Nachwort versehen von Walter Boehlich

Im Frühjahr 2000 erscheinen:

Ilse Aichinger: Die größere Hoffnung
Albert Camus: Die Pest. Roman
James Joyce: Dubliner. Erzählungen
Heinrich Mann: Der Untertan. Roman

Thomas Mann: Sämtliche Erzählungen
Rainer Maria Rilke: Die Aufzeichnungen des Malte Laurids Brigge

Im Herbst 2000 erscheinen:

Samuel Beckett: Molloy. Roman
Wallenstein – sein Leben erzählt von Golo Mann
Klaus Mann: Mephisto. Roman einer Karriere
Franz Werfel: Das Lied von Bernadette. Roman
Thornton Wilder: Die Brücke von San Luis Rey
Stefan Zweig: Marie Antoinette. Bildnis eines mittleren Charakters

Im Frühjahr 2001 erscheinen:

Herman Bang: Sommerfreuden. Erzählung
Gustave Flaubert: Madame Bovary. Roman
Franz Kafka: Sämtliche Erzählungen
Boris Pasternak: Doktor Shiwago. Roman
Fernando Pessoa: Das Buch der Unruhe des Hilfsbuchhalters Bernardo Soares
Antoine de Saint-Exupéry: Nachtflug. Roman

Abbildungsnachweis

S. 10: © Bilderdienst Süddeutscher Verlag
S. 15: Historisches Bildarchiv Handke, Bad Berneck
S. 18: © S. Fischer Verlag, Frankfurt am Main
S. 23: © AKG, Berlin
S. 27: © S. Fischer Verlag, Frankfurt am Main
S. 30: © S. Fischer Verlag, Frankfurt am Main
S. 34: Schiller Nationalmuseum, Marbach (Foto:Nicolai Perscheid)
S. 39: © Suhrkamp Verlag, Frankfurt am Main
S. 44: © S. Fischer Verlag, Frankfurt am Main
S. 48: © S. Fischer Verlag, Frankfurt am Main
S. 53: © S. Fischer Verlag, Frankfurt am Main
S. 58: © Giséle Freund
S. 65: © S. Fischer Verlag, Frankfurt am Main (Foto: Pixy-Foto)
S. 68: © S. Fischer Verlag, Frankfurt am Main (Foto: Peter Stein)
S. 72: © Schiller Nationalmuseum Marbach (Foto: Peter Stein)
S. 78: © S. Fischer Verlag, Frankfurt am Main
S. 83: © S. Fischer Verlag, Frankfurt am Main
S. 86: © S. Fischer Verlag, Frankfurt am Main
S. 91: © S. Fischer Verlag, Frankfurt am Main
S. 94: © S. Fischer Verlag, Frankfurt am Main
S. 100: © S. Fischer Verlag, Frankfurt am Main (Foto: Edith Schlesinger)
S. 104: © Suhrkamp Verlag, Frankfurt am Main (Foto: Gret Widmann)
S. 108: © Rowohlt Verlag, Hamburg
S. 113: © S. Fischer Verlag, Frankfurt am Main (Foto: Stefan Moses)
S. 116: © S. Fischer Verlag, Frankfurt am Main (Foto: Philippe Carpentier)
S. 120: © S. Fischer Verlag, Frankfurt am Main
S. 125: © Giséle Freund
S. 129: © S. Fischer Verlag, Frankfurt am Main (Foto: Ruedi Bliggensdörfer)
S. 133: © S. Fischer Verlag, Frankfurt am Main (Foto: Didi Sattmann)